北穂高岳 殺人山行

梓 林太郎
Azusa Rintaro

文芸社文庫

北穂高岳　殺人山行

1

八月も二十日をすぎると、北アルプスの入山者数は減りはじめた。学校などの夏休みの日数が残り少なくなったからで、これは例年のことである。

八月二十七日の午後三時すぎ、北穂高《きたほたか》小屋から、長野県警豊科《とよしな》署に一本の電話が入った。

たったいま到着した登山者が、南稜の北側で遭難者らしいものを見たと通報したという。

電話を受けた山岳遭難救助隊の小室《こむろ》主任は、通報者に電話を代わってもらった。

電話を代わった男は若そうだった。

「遭難者らしいものを見たのは、どこですか?」

小室はきいた。

「南稜のクサリ場です。登山コースの左側に大きな岩が二つあるところの断崖の下です」

山の地形に精通している小室にはその地点の見当がついた。あと十五分も登ればやや平坦な岩場に着くが、クサリ場は右側が切れ落ちた危険地帯だ。だから登山者の安全を守るためにクサリやハシゴがつけられている。

「遭難者らしいというのは、どこで分かりましたか？」

「全身は見えませんでしたが、動かないからです。それに登山コースからはずれていますし。たしか赤いザックを背負っているようです」

「登山コースからどのぐらいはなれていますか？」

「五〇メートル……。いえ、もっとあるかもしれません」

登山コースから、五、六〇メートル下というと、断崖の途中の岩棚に横たわっているということだろう。

「きょうの穂高の天候はどうでしたか？」

「朝は小雨で、午前十一時ごろまで霧が張っていました。ぼくは三人パーティーですが、霧が濃くなりそうだったので、涸沢《からさわ》の山小屋を出発するのを二時間ばかり見合わせていました」

きのうとおとといは好天だった。きょうはあいにくの天気だったというのだろう。

小室はあすの朝、現場を確認するといい、気をつけて登山を終えるようにとつけ加えた。

県警本部に連絡した。あすの朝、ヘリコプター出動の要請をしたのだ。

気象台にあすの天気を問い合わせた。あすは風も弱く、ところによっては陽も差すだろうという。

　遭難者救助の現場で指揮を執《と》る及川《おいかわ》を呼び、北穂高小屋からの通報を伝えた。及川はただちに明朝、現場へ登る隊員を集めた。

「通報してきた登山者の見たものが遭難者だったとしたら、南稜の登山コースから転落したんでしょうね。いつ転落したのか分かりませんが、単独行だったんでしょうね」

　及川がいった。

「そうだろうな」

　小室は首を縦《たて》に動かした。複数登山なら遭難発生を同行者が連絡してくるはずである。

「転落したとしたら、きのうやおとといじゃないな。二日間山の天気はよかったのだから、登り下りする者が発見していたはずだ。きょうは午前十一時ごろまで霧だったというから、きょうの午前中に転落した可能性がある」

　明朝、ヘリに乗って現場へ登る隊員は五人と決まった。

　八月二十八日午前七時。県警のヘリは五人の救助隊員を乗せて北穂をめざした。曇っているが視界は悪くなかった。風も弱い。

　北穂南稜の北側急斜面で、及川の双眼鏡に横たわっている人間らしいものが映った。

ヘリは高度を下げ、岩壁に近寄った。

「人間だ」

及川はいった。

ヘリは、隊員を降下させる場所をさがした。登山コース上にあるクサリ場上部の平坦地に降ろすことにした。風は弱いといっても、ロープに吊《つ》り下がった各隊員は大きく揺れながらゴツゴツした岩場に着地した。及川が最後に降りた。

平坦地から十分ばかり下ったクサリ場の岩にロープを確保した。そこの真下の岩棚に遭難者は倒れているのだった。

ロープを七〇メートル延ばした。岩棚に降り立った隊員から合図があった。及川も畳二枚分ぐらいの岩棚に降りた。

「女性じゃないか」

倒れている人を見たとたんに及川はいった。

女性はまちがいなく死亡していた。死後まる一日ぐらいは経《た》っていそうな感じだった。

遺体は紺色のジャケットに同色のズボンを穿《は》き、赤のザックを背負ってウエストベルトを締めていた。紺色の帽子は脱げかかっていた。微風に茶色の髪が揺れている。顔は傷ついていなかった。薄化粧の跡があり、三十半ばといった歳格好《かっこう》だ。茶革の本格的な山靴を履《は》いており、それは新品ではなかった。そのことから登山経験のある人という印象を受けた。

遺体の周りを見たが、遭難者の物らしいものは落ちていなかった。

女性の遺体発見、を署に連絡した。

「身元は分かるか？」

署はきいた。

紺色のウエストバッグに、カード式の保険証と財布と赤い花柄のハンカチが入っていた。及川は保険証の記述を読んだ。

［東京都世田谷区祖師谷《そしがや》五丁目　堀越由希子《ほりこしゆきこ》　三十八歳］

毛布にくるんだ遺体をヘリで署に搬送することにした。

薄陽《うすび》が差してきて山が明るくなり、北穂の頂稜部が赤みをおびて輝いた。


署で現場の及川から連絡を受けた小室は、「堀越由希子」の名で電話番号案内に問い合わせしたが、その氏名では該当する番号がないといわれた。

警視庁の所轄署を調べると成城《せいじょう》署であることが分かった。成城署へ電話し、堀越由希子宅の電話番号か、連絡先の電話を調べてもらいたいと依頼した。

成城署では祖師谷の受付交番に連絡するだろう。交番の簿冊《ぼさつ》に載《の》っていれば、電話番号と家族構成ぐらいは分かるはずである。

十五分後に折り返しの回答があった。

堀越由希子は堀越和良《かずよし》の妻で二人暮し。和良は新宿区にある大同商事株式会社の社長。

係官は自宅と大同商事の電話番号を読んだ。

小室は、まず自宅に電話した。受話器を上げる人はいなかった。

次に大同商事に掛けた。若い女性が出て、社長室の番号を教えた。

掛け直すと、また若い女性の声が応えた。かなり規模の大きな会社のようである。

どちらさまでしょうか、ときかれた。小室は、長野県警の者だと答えた。

「堀越です」

中年男の声に代わった。

「長野県豊科警察署の小室という者です。堀越由希子さんは、奥さんですか？」

「家内です」

「由希子さんは山へ出掛けていますか？」

「はい。北アルプスへ登るといって、二十五日に家を出ましたが」

「まことに残念なことですが、奥さんは遭難されました」

「遭難……。とおっしゃいますと？」

「お気の毒なことになりました」

「死んだということですか？」

「お悔《くや》みを申し上げます」

登山者が怪我《けが》をして病院に運ばれ、そこで死亡した場合は、重傷を負ったと伝えることにしているが、今回の場合は遺体で発見されたので、控えめだが死亡したと伝えた。

「家内が……」

夫は絶句した。

「どなたか、奥さんをよくご存じのかたと一緒に、豊科署までおいでください」

「豊科署とおっしゃいますと？」

夫の声はわずかに震えていた。

「松本市の隣接の町です。列車ですと大糸線の豊科が最寄《もよ》りです。車ですと長野自動車道の豊科インターチェンジで下りられるのが便利です」

「分かりました。車でお伺いすることになると思います。いろいろお世話をおかけしますが、よろしくお願いします」

と、堀越は丁寧《ていねい》だった。

小室は、気をつけておいでください、といって電話を切った。

遭難遺体が署に着いた。検視が行われた。岩場を転落したことによる全身打撲で、即死だったろうということになった。死後二十四時間は経過しているというから、転落したのはきのうの午前中と推定された。

きのうの午前十一時ごろまでは霧が張っていたということだった。堀越由希子は霧を衝《つ》いてクサリ場を登るか下るうち、過《あやま》って転落したものにちがいない。夫の話では二十五日に出発したということだった。山に馴《な》れた健脚《けんきゃく》者だと横尾《よこお》まで入って一泊する。二十六日は涸沢を経由して、北穂に取りつくが、彼女が遭難したのは二十七日だ。すると涸沢にある二軒の山小屋のどちらかに宿泊したことが考えられる。つまり遭難した日までのあいだに二泊しているということになる。出発した日は、上高地《かみこうち》あたりに泊まったのではないだろうか。

2

午後四時、堀越和良は豊科署に到着した。車でやってきたということだった。堀越は長身で恰幅《かっぷく》のよいからだを灰色の上質なスーツに包んでいた。五十七歳だという。

彼には由希子の妹と、四十歳ぐらいの社員がついてきていた。妹は史恵《ふみえ》といって三十半ば。彼女は薄手の黒のジャケットに白いシャツ、黒のパンツ姿だった。寒さをこらえているような強張《こわば》った蒼《あお》い顔をしていた。

三人は遺体と対面した。

堀越は、「由希子」と一言いい、手を合わせた。

史恵は取り乱した。「お姉ちゃん。お姉ちゃん」と、高い声を出し、動かぬ遺体を揺すった。

社員は合掌したあと、一礼してすぐに引きさがった。

小室は三人を殺風景な小会議室に招き、あらためて悔みを述べた。地図を広げ、由希子を発見した地点にボールペンの先を当てた。

「ここは北穂に向かって右側が切れ落ちています。登り下りに危険なところですので、クサリが設けられています。きのうの朝は小雨でした。それがやんで霧が出ました。霧は午前十一時ごろまで晴れなかったようです。奥さんはたぶん、霧の中を登っていたのだと思います。転落を目撃した人はいないようです。発見したのは涸沢から北穂へ向かっていた登山パーティーでした。午後二時すぎで、そのころは霧がすっかり晴れて、見通しがよくなっていたんです。まことにお気の毒ですが、即死だったと思われます」

小室の説明をきいた堀越は、きちんとたたんだ白いハンカチを目に当てた。

史恵は水色のハンカチで顔をおおった。

「奥さんは単独だったんですね？」

小室は、やや長い顔の堀越にきいた。

「独りで登るといっていました」

「登山は以前からやっていましたか？」

「高校のころから登っているときいていました」

堀越は史恵のほうへ顔を振った。

史恵は小さくうなずいた。

「いつも単独行でしたか？」

「独りで行くこともありましたし、二、三人のときもありました」

堀越が答えた。由希子には登山仲間がいたということらしい。

「奥さんはご自宅に、登山計画書のようなものを置いて出発されましたか？」

「いいえ」

「ご主人は奥さんから、登山日程をおききになっていたでしょうね？」

「きいています。二十五日に出発して、二十九日に帰ってくることになっていました」

「山小屋利用ですね？」

由希子の装備から山小屋利用の見当はついていたが、あらためてきいてみた。

「どこに泊まるかはきいていましたか？」

「はい」

「細かいことはきいていません」

二十五日に出発し、二十九日に帰宅の日程をきいて、小室は彼女の宿泊地の見当をつけた。第一日は上高地か、せいぜい徳沢《とくさわ》までの行程だろう。新宿発一番の特急列車に乗ったはずというから、遅くとも午後二時ごろには徳沢に着いていただろう。その日の体調によってはあと一時間あまり歩いて、横尾まで入ったことも考えられる。二日目は涸沢までだったのではないか。健脚者だと、二日目に北穂へ登り着くことが可能だが、彼女が遭難した日を考えると、二十六日は涸沢の山小屋に泊まったものと思われる。三日目は北穂高へ登り、北穂高小屋に泊まる計画だったろう。四日目は下山し、上高地の温泉で疲れを癒《いや》すつもりだったのではないか。

北穂登山はそれほど危険な場所のない行程であるから、彼女の日程には無理はないと思われた。ただ二十七日の朝、小雨と霧を衝いて登ったことに無理があったのではないか。

涸沢から北穂山頂までは、順調に登れれば三時間あまりである。午後三時ごろに北穂高小屋に着くつもりなら、霧のようすを見てから山小屋を発《た》ってもよかったように思われる。

「今回、奥さんはなぜ単独で登ることにしたのですか？」

小室はきいた。

「友だちを誘ったが、相手の都合がつかなかったからではないでしょうか」

「奥さんは、毎年山行をしていましたか？」

「少なくとも一回は登っていました」

「ご主人は、山は？」

「学生時代にはやっていましたが、この歳になると体力も衰えましたし……」

堀越はテーブルに目を落とした。

「奥さんの登山日程は決して無理ではなかったと思いますが、二十九日にはどうしても帰らなくてはならない用事でもありましたか？」

「さあ。なかったと思いますが……」

「二十七日、霧が晴れてから山小屋を出ていれば、あるいはこんなことにはならなかったんじゃないかと思うと、残念です」

堀越はうなずいて唇を嚙《か》んだ。

史恵はまたハンカチを顔に当てて泣きだした。

社員は凍ったような表情をして動かない。

翌朝、堀越は妻の遺体を引き取った。署では寝台車の手配をしてやった。救助隊員は署の裏庭に並んで手を合わせ、寝台車を見送った。

小室は、堀越由希子が二十七日の朝、どこを出発したのかを記録しておく必要があった。彼は涸沢にある二軒の山小屋のどちらかだろうと見当をつけていた。

まず涸沢小屋に電話し、八月二十六日に堀越由希子が宿泊したかをきいた。

その回答が十数分後にあったが、宿泊該当はないということだった。

次に涸沢ヒュッテに電話した。そこからの回答も十数分後にあったが、やはり宿泊していないということだった。

では彼女は横尾山荘に泊まったのだろうか。横尾からだと遭難現場までは約五時間を要する。午前五時ごろ山小屋を出たことになる。その朝は八時ごろまで小雨が降っていた。雨を衝いて、一気に北穂まで登るつもりで、早朝出発したのだろうか。

小室は念のために横尾山荘にも、堀越由希子が二十六日に宿泊していたかを問い合わせた。

折返し電話があったが、宿泊該当はないといわれた。

小室は首を傾げた。彼女はいったいどこに泊まったのか。

及川を呼んだ。堀越由希子が幕営したことが考えられるかをきいた。

「幕営……。十中八九考えられません。彼女はツェルトも寝袋も持っていません。幕営なら、食糧や炊事用具が必要ですが、そういう物もザックには入っていませんでした」

山小屋利用の登山だったのはまちがいないというのだった。

3

豊科署刑事課の道原伝吉《みちはらでんきち》は、山岳遭難救助隊の小室主任から相談を受けた。

東京・世田谷区の主婦・堀越由希子は、八月二十七日午前十時ごろ、北穂南稜のクサリ場から北側に転落し、全身打撲で死亡した。当日の天候は、朝のうち小雨で、その雨は午前八時ごろにやんだ。そのあと霧が出て視界はよくなかった。

堀越由希子の遭難地点は、涸沢小屋から約二時間登ったところ。クサリ場で過って足を滑らせるかして転落したものと思われる。

たぶん彼女は、雨がやんだので霧を衝《つ》いて山小屋を出発したのだろう。予報では昼ごろから曇りの天気になるということだったので、それを期待して登りに取りかかったのではないか。

「彼女は、二十六日、涸沢の山小屋に泊まったものと思い、二軒の山小屋に宿泊の問い合わせをしましたが、該当がありません。それで、もしかしたら横尾山荘に泊まったのではないかと思い、そこにも問い合わせましたが、彼女の氏名はありません」

　小室は説明した。

「その遭難者は、単独行だったそうだね？」

「単独です」

「山登りには馴れていたんだろうか？」

「彼女の夫と妹がいうには、高校生のころから登っていて、結婚後も山には出かけていたということです」

「女性の単独行は珍しくはないが。……山小屋に宿泊該当がないとすると、幕営しか考えられないが」

「彼女は幕営装備を一切《いっさい》携行していませんでした」

「うむ。ほかの山小屋に泊まったことは考えられないのかね？」

「ほかの山小屋といったら、徳沢の二軒です。徳沢からだと、遭難地点までは、順調に登って六時間半ぐらいかかります。山小屋を午前三時前に出発しなくてはなりません」

「そのころは雨が降っていたんだね？」

「そのようです」

「単独行の女性が午前三時前に、雨の中を出発する。まったく考えられないことじゃないが……。彼女の登山日程に無理な点はないのかね？」

「二十五日の朝、自宅を出て、二十七日は北穂泊まりだったと思われますから、無理はしていません。帰宅予定は二十九日ということでした」

道原は小室の話をメモし、念のために徳沢の二軒の山小屋に宿泊該当があるかどうかを問い合わせてみてはどうかといった。

刑事課を出ていった小室は、二十分ほどして、また道原のデスクの前に立った。徳沢の二軒の山小屋に問い合わせたが、やはり堀越由希子の名では宿泊該当がないという。

「おかしいな」

道原は腕組みした。「その女性は偽名で泊まったんじゃないのか？」

「偽名……。なんで山小屋に偽名で？」

「本名で泊まりたくない事情があったんじゃないのか？」

「単独行の者が偽名で泊まらなくちゃならない事情……」

小室はタバコに火をつけた。道原のデスクには灰皿がないから、彼はほかの机の上から灰皿を持ってきた。

「彼女は、家族に山に登るといって自宅を出ているんだね？」

「彼女は夫と二人暮らしです。登山計画書を置いては行かなかったようですが、北アルプスに登ることを夫には話し、帰宅予定日も伝えていたということです」

「どこに泊まるかを、夫には伝えていたのかな?」

「そこまではしていなかったようです」

「夫は、山に登る妻がどこに泊まるのかを、きかなかったということなんだね?」

「そのようです」

「単独行の女性が、山小屋に偽名で泊まった。そう急ぐ日程でもないのに、霧を衝いて登った。その日の行程では最も危険な場所で転落し、死亡した」

道原はつぶやくようにいった。「小室君。二十六日に涸沢の二軒の山小屋に泊まった登山者全員の身元を、照会してみる必要があるな。女性の単独行で、偽名の宿泊者がいたら、それは堀越由希子だろう。偽名で山小屋に泊まらなくてはならない事情についてては、あとでうちが調べる」

小室は、「やってみます」といって刑事課を出ていった。

八月二十六日に、涸沢小屋と涸沢ヒュッテに宿泊した登山者全員の身元照会にはまる三日を要した、といって小室は道原の席へやってきた。

「単独行の女性は何人もいたかね?」

道原はきいた。

「二軒の山小屋に二人ずついました」

「四人か。その四人の身元は照会できたかね？」

「四人とも身元は確かでした」

小室はそういってから、一枚のメモを道原の前へ置いた。

［田口伸夫　千葉県松戸市　四十歳］

［寺尾昌子　東京都北区　三十六歳］

「涸沢ヒュッテの宿泊人です。この二人の住所はいずれも実在していましたが、該当する人物は過去にさかのぼっても住んだ記録がありません」

「つまり偽名ということだね。田口伸夫と寺尾昌子はペアなんだね？」

「そうです」

「一組のカップルが偽名で山小屋に泊まった。二人はなぜ本名を隠したのか？」

道原は目の前のメモをにらんだ。

「二人の宿泊申し込み書はこれです」

小室は二十人ばかりの氏名と住所と連絡電話番号が並んだ用紙を置いた。それは登山計画書を兼ねていて、八月二十七日の登山行程が記入されていた。

田口伸夫と寺尾昌子は、その用紙の八番目と九番目に並んでいた。二人の二十七日の登山行程は［北穂まで］となっていた。

「筆跡が同じだな」

道原は、田口伸夫と寺尾昌子の氏名と住所の文字を見比べた。

「私もそうみました」

小室がいった。

田口か寺尾のどちらかが、二人の氏名、住所を記入したのだ。

道原は、刑事の伏見《ふしみ》を呼び、宿泊申し込み書の［田口］［寺尾］の部分を拡大コピーさせた。

「ペアの一人の寺尾昌子が、堀越由希子ということが考えられるね」

道原は小室にいった。

「そうでしょうか？」

「だって、単独行の女性全員は身元が確かめられたんだろ。それに、ほかの女性登山者についても確認できたんだ。女性で身元が不明なのは、寺尾昌子しかいないじゃないか」

「ペアで登って、女性のほうが遭難した……」

小室は独り言のようないいかたをした。

二人登山で、一人が岩場を転落した。それなのに同行者は届出をしなかったのだ。

「二人とも転落したことが考えられますよ」

小室だ。

「そうか。それだと届出ができない」

「捜索します」

小室は刑事課を出ていった。

道原は伏見らの刑事に、田口伸夫と寺尾昌子が八月二十五日に宿泊した場所を突きとめるよう指示をした。二人は、上高地か、明神《みょうじん》か、徳沢か、横尾に泊まったのはたしかだろう。

田口伸夫と寺尾昌子は偽名である。ほかの宿泊施設ではべつの氏名を用いていることも考えられた。


田口伸夫と寺尾昌子の宿泊該当があった。それは徳沢園だった。二人は八月二十五日にそこに泊まっていた。氏名も住所も、涸沢ヒュッテの申し込み書に記入したのと同じだった。

徳沢園から二人の宿泊カードを送信してもらった。二人の住所は、涸沢ヒュッテの申し込み書の記述と一番地もちがっていなかった。二人ははじめから偽の氏名と住所で泊まるつもりで、メモでも見ながら宿泊申し込み書に記入したにちがいない。でたらめの住所を書いたとしたら、どこかにちがいが生じたはずである。

涸沢ヒュッテの宿泊申し込み書と、徳沢園の宿泊カードを見比べた。双方の文字はよく似ていた。同じ人が記入したものだ。

これで二人の登山行程が判明した。寺尾昌子と記入した女性が堀越由希子だとしたら、彼女は八月二十五日に出発し、同日は徳沢園に田口伸夫と称する男と宿泊した。翌二十六日は、たぶん梓川《あずさがわ》左岸の道をさかのぼり、横尾を経由して涸沢ヒュッテに着いて、そこに宿泊。

二十七日は北穂へ向かったということだろう。

「寺尾昌子と署名した女性が堀越由希子だとしたら、二か所の山小屋でなぜ偽名を使ったんでしょうね？」

伏見が横の席からいった。

「男と一緒だったからだろうな。彼女は人妻だ。本名を使うには気が引けたんじゃないかな」

「登山中に事故でもあった場合、男と一緒だったことが、家族や関係者に知られてはまずいと考えたんでしょうね。……徳沢園と涸沢ヒュッテの宿泊カードの署名の文字は、同一人の筆跡のようですが、男か女か、どちらが書いたんでしょうね？」

伏見は二枚の宿泊カードを見比べている。

「少しばかりクセがあるが、うまい字だ。おれには女性の筆跡のように見えるが、どうだろうか？」

「ぼくも女性の文字だと思います。男女は話し合って偽名を使ったんでしょうか？」

「たぶんそうだろう」

二人が無事登山を終えた場合は、あとで宿泊カードの氏名や住所を確認することはない。偽名で泊まったかどうかも分からないのだ。里のホテルや旅館には、本名を記入しない人がたびたびあるらしい。単独の場合は本名を使っても、関係を知られたくないカップルの場合、偽名を用いそうだ。

4

小室を指揮官とする山岳救助隊は、県警のヘリを使って北穂の南稜付近を捜索した。堀越由希子の同行者も遭難した可能性があるからだった。

救助隊員は岩場を這った。が、遭難者は見つからなかった。

この捜索によって、堀越由希子以外に転落した人はいないという結論に達した。

徳沢園と涸沢ヒュッテに寺尾昌子の名で泊まった女性が堀越由希子なら、彼女には男の同行者がいた。田口伸夫という偽名を使った男だ。彼は由希子の転落を目撃しているはずである。それなのに、登下山中に出会ったはずの登山者にも、最寄りの山小屋にも同行者が遭難したことを告げたり、届出たりしなかった。同行者が人妻で、内緒の登山だったから、自分の存在を知られるのがいやで、誰にも告げずに下山してしまったのか。彼は山小屋に偽名で泊まった。同行者の遭難をこのまま誰にも話さなければ、自分のことは永久に分からないだろうと思っているのではないか。

しかし警察ではこのままにしておくわけにはいかなかった。堀越由希子は死亡したのだから、遭難の状況をしっかりと把握《はあく》しなくてはならなかった。

同行者が転落したのに救助要請もせずに下山したのだとしたら、それは未必の故意である。一刻も早く救助しなかったら、死亡することが分かっていたはずだ。同行者との関係がどうであろうと、救助要請しなかったのは犯罪である。

「おやじさん」

伏見は横から上体を傾けてきた。彼はいつのころからか道原をそう呼ぶようになっている。

「殺人《コロシ》の線も考えられますね」

「おれもそれを考えていたところだ」

道原は、外出からもどった四賀《しが》刑事課長に、堀越由希子の遭難の疑問を話した。

「徳沢園と涸沢ヒュッテに、寺尾昌子の名で泊まった女性は、堀越由希子だというんだね？」

「ほかに該当者がいませんから、堀越由希子にまちがいないと思います」

「まちがいないかどうかを確かめる必要があるね」

「東京へ行って、彼女の夫に会いたいんです」

「そうだね。彼女の身辺を調べれば、山へ同行した男が分かるかもしれないね。いや、その男を絶対にさがし出さなくちゃいけない」

四賀課長はメガネを光らせた。

道原は伏見とともに東京へ出張することになった。


堀越和良が社長をしている大同商事は、西新宿の高層ビルの二十四階にあった。水色のユニホームを着た受付係が銀色の社名の下にすわっていた。道原たちが近づくと、若い女性が立ち上がった。

社長に会いたい、と告げると、受付係は電話を掛けた。

「社長は来客中ですので、しばらくお待ちください」

といって、壁ぎわの長椅子を指差した。

二十分ほど待たされてから応接室へ案内された。そこの壁にはヨーロッパの古城の油絵が飾られていた。

すぐにお茶が運ばれてきた。お茶を運んできたのは三十半ばと思われる美しい女性だった。

「社長は間もなくまいりますので、お待ちください」

彼女は腰を折って去った。
四、五分して長身の堀越が現われた。
「お待たせして、申し訳ありません」

先日は家内のことで世話になったと、彼は頭を下げた。

道原は堀越と名刺を交換した。

堀越の頭には白いものが目立っていた。誰の目にも上質と映《うつ》りそうなグレーのスーツを着ていた。

道原は、堀越の妻に対する悔みを述べた。

「家内は山が好きでした。高校時代から登っているということでしたので、まず事故は考えられないだろうと思いまして、送り出しました。いまになって考えると、やめさせるべきだったと後悔しています」

堀越はそういって、革張りの椅子に深く腰掛けた。

「北穂の登り下りには、それほど危険な場所はありませんが、残念なことをしました」

道原はノートを取り出した。

「奥さんは、単独で登るといってご自宅を出られたそうですね？」

「何度か一緒に登ったことのある友だちを誘ったようですが、友だちの都合が悪くて、単独になりました。単独で登ったことは何度かありましたので、私は反対しませんでした」

「これまでに北穂には登られたことがあるでしょうか？」

「あると思います。北アルプスには何度も行っていますから」

「今回は北穂に登ることを、ご主人には伝えて出発されましたか？」

「私は、北アルプスとしかきいていませんでした」

「北アルプスといっても、その範囲はかなり広いですよ」

「はあ」

「ご主人は登山をなさったことはありませんか？」

「いいえ。学生時代には何度か……」

「北アルプスにも登られましたか？」

「はい。何度か……」

「穂高や槍《やり》へですか？」

「登っています」

「北穂へは？」

「登っていません。前穂と奥穂だけです」

道原はバッグのファスナーを開いてから、

「堀越さんは、奥さんの字をご存じでしょうね？」

ときいた。

「はい。それは……」

夫婦だから当然だという答えかたをした。

「これを見ていただきたい」

道原は徳沢園の宿泊カードを取り出し、堀越の前へ置いた。

それには、田口伸夫の年齢と住所と電話番号、そして次の日の登山計画が記入してあり、その下の行には、寺尾昌子の年齢、住所、電話番号。次の日の登山計画は、「上に同じ」と書いてある。

「これは……」

堀越はカードをじっと見つめた。

「奥さんの字ではありませんか？」

道原は堀越の表情に注目した。

「似ています」

道原は涸沢ヒュッテの宿泊申し込み書の拡大コピーを出した。それにも田口伸夫と寺尾昌子が並んでいる。記入項目は徳沢園のものと同じである。

堀越は二枚の用紙をにらむように見たままなにも答えなかった。

「こちらの会社には、奥さんの書いたものはありませんか？」

「ありません」

堀越は言下に答えた。

「寺尾という姓にお心当たりがありますか？」

「いいえ」

「奥さんの旧姓は？」

「水島《みずしま》です」

「奥さんの書いたものを見せていただきたいのですが」

「自宅にはあります」

堀越はまた二枚の宿泊カードに目を落とした。

「それをご覧になってお分かりでしょうが、奥さんが署名なさったものだとしたら、奥さんには男性の同行者がいたことになります。そこに書いてある田口伸夫という人物は実在しません。寺尾昌子が奥さんであっても、そうでなくても、偽名で二か所の山小屋に泊まっています」

「ここに書いてある田口伸夫という男は、どうなっているのですか？」

「もしかしたら男性も遭難したのではないかとみて、捜索しましたが、その痕跡はありませんでした」

堀越は椅子を立った。自宅から妻の書いたものを持ってくるから、一時間ばかり待ってもらいたいといった。

5

堀越は一時間あまり経ってもどってきた。

彼の持ってきたものは家計簿のコピーだった。それには買い物の品名と料金のほかに、天候と、その日の出来事が簡単に記入してあった。

道原はそこに並んだ文字を見た瞬間、山小屋の宿泊カードに記入した人の字だと感じた。右上がりのクセとまるみがそっくりだった。

伏見もそれを見てうなずいた。

「奥さんが記入したものにまちがいありませんね」

道原は宿泊カードを目で指していった。

堀越はわずかに首を縦に動かした。宿泊カードの文字が妻の筆跡であるのを認めたのだった。

「奥さんが単独行だった場合、北穂への登りで、過《あやま》って転落したものと判断されますが、同行者がいたということになると、見方がちがってきます。同行者は奥さんの転落の瞬間を目撃していることも考えられます。私たちは奥さんの遭難の原因を突きとめなくてはなりません。つまり同行者をさがしだすということです。重大な原因が隠されているかもしれませんので」

道原は堀越の苦《にが》りきったような表情を見ながらいった。

「家内が男と一緒に登ったというのは、意外でした」

「田口伸夫というのは偽名ですが、奥さんのお知り合いにお心当たりはありませんか?」

「ありません」

堀越は首を振った。

道原は由希子の日常をきいた。

「私は、平日はこうして会社に出ていますので、家内のようすをいちいち見ているわけにはいきませんが、家の中のことはきちんとやってくれていましたし、日ごろからよくできた女だと思い、感謝していました」

道原はノートを閉じ、今後の捜査に協力してもらいたいといって、椅子を立った。

堀越はエレベーターの前まで二人の刑事を送った。

道原と伏見は、品川区の上村《うえむら》史恵を自宅に訪ねた。由希子の妹である。

そこは運輸会社の隣にある古いマンションだった。一階の階段の下には子供の遊び道具がいくつも置きっ放しになっていた。

「せまいところですが、どうぞ」

ドアを開けた彼女はいって、二人の刑事を和室に通した。痩《や》せていて、顔色がよくなかった。

彼女の夫はサラリーマンで、子供が二人いるということだった。

彼女は、姉が世話になったといって、畳に両手を突いた。

「早速ですが、これを見ていただけませんか」

道原は山小屋の二枚の宿泊カードを彼女のほうへ向けた。

彼女は怪訝《けげん》な表情をしてカードを手に取った。

「その文字に見覚えはありませんか？」

「姉の字ではないでしょうか」

「やはりそうですか」

「田口伸夫……。寺尾昌子……。これはなんでしょうか？」

「山小屋の宿泊申し込み書です。由希子さんが二人の名前や住所を記入したのだと思います」

「本名で泊まらなかったということですか？」

「そこに書いてあるとおり男性と一緒です。ですから偽名を使ったのだと思います」

「姉が、男性と……」

史恵は口を半開きにした。

「田口伸夫という名にお心当たりはありますか？」

「いいえ」

「由希子さんは、少なくとも八月二十五日に徳沢園という山小屋から、男性と一緒だったんです」

史恵は放心したように一点に目を据えた。

「こちらには由希子さんの書いたものはありませんか？」

「旅行先からよこしたはがきと、年賀状があるはずです」

彼女は立っていった。

すぐにはがきを二枚持ってきた。一枚は今年の年賀状、一枚は絵はがきだった。絵はがきの消印は秋田で、今年の二月となっていた。［秋田・冬の祭り男鹿《おが》のなまはげ］とあり、蓑《みの》を着た赤鬼と青鬼が出刃包丁をかざして、焚火《たきび》のそばで踊っている絵だった。

表書きの住所も通信文も横に書いてあった。万年筆のかたちのよい字で、夫と秋田にきているが、毎日雪が降り、足を滑《すべ》らせて何度も転んだ、と書いてあった。

道原と伏見は、二枚の宿泊カードの文字と比較した。誰の目にも同一人物の筆跡と分かる文字だった。

年賀状はこれも万年筆の縦書きで、家族の健康と平穏を祈るとしてあった。

「由希子さんご夫婦は円満でしたか？」

道原は、顔色の冴《さ》えない史恵にきいた。

「都内に住んでいても、年に二、三回しか会いませんが、姉から堀越さんの愚痴《ぐち》なんかをきいたことはありません。歳がはなれているせいか、姉は堀越さんに可愛がられているようでした。……うちとちがって、あちらは会社の社長で、経済的な余裕もあります。姉は欲しい物をなんでも買えるし、年に一回は夫婦で海外旅行も楽しんでいました」

「由希子さんに、ご主人以外に親しくしている男性がいるようなようすは見えなかったですか？」

「そんなことはなかったと思います。姉はふしだらな女ではありません」

史恵は刑事をにらむ目をした。

「あなたがたは、東京のお生まれですか？」

「静岡県の本川根《ほんかわね》町というところです」

「本川根……」

静岡県のどの辺かを道原はきいた。

「大井川をさかのぼったところで、お茶の産地です」

「東海道線の金谷《かなや》から大井川鉄道で行くんですね？」

「千頭《せんず》という駅で降ります」

「行ったことはありませんが、いいところですか？」

「茶畑ばかりの田舎《いなか》です。近くに渓谷の寸又峡《すまたきょう》があります。滝がいくつもあり、原生林も残っています。寸又峡温泉は朝日《あさひ》岳へのハイキング基地になっています」

「南アルプスの山麓ですね？」

「姉は高校生のころ、大井川上流をさかのぼって、茶臼《ちゃうす》岳や聖《ひじり》岳に登っていました」

「ご実家は農家ですか？」

「はい。両親が細ぼそと……」

「ご兄弟は？」

「姉とわたしの二人きりです」

由希子と史恵は、それぞれ地元の高校を卒《お》えると、上京して、就職したのだという。

「両親は貧しい生活をしているものですから、姉は年に何回か両親に送金していました。私はそれができないので、気が引けていました」

由希子は、三十二歳のときに堀越和良と結婚した。堀越には離婚歴があった。先妻とのあいだに娘が二人いて、先妻が引き取って育てたのだという。

「あなたは、ご実家にはときどき帰るんですね？」

「毎年、学校の夏休みには子供を連れて、一週間ばかり……。今年も行ってきました」

由希子も年に二、三回は里帰りをしていたという。その彼女は山で死んだ。両親はさぞかし哀《かな》しんだことだろう。

道原は、由希子の友だちをきいた。

「姉の高校の同級生を二人知っています。二人とも結婚して、都内に住んでいます」

その二人とは史恵も年賀状を交換しているといって、二人からきた年賀状を見せた。

一人は江東区、一人は中野区に住んでいる。

道原たちは、由希子の友人の二人の住所を訪ねて会った。

二人とも由希子の葬儀に参列したといった。

「由希子は、わたしたちの仲間ではいちばん遅く結婚しました。器量よしを堀越さんに見込まれたのです。堀越さんとは年齢がはなれているし、離婚の経験があるということで、プロポーズされてからしばらく迷っていたようですが、業績の安定した会社の社長ということで結婚を決心したようです。彼女の住まいへ行ったことがありますが、立派な家で、とても幸せそうでした」

江東区に住む友人はそういった。

「ご主人はやさしくて、寛大だと由希子はいっていました。ある程度の贅沢《ぜいたく》もさせてもらっているということでした。わたしも彼女の家へ行ったことがありますが、高級な家具や調度に囲まれていて、とてもうらやましく思ったものです。年に一度は夫婦で海外旅行もしていたようです。今年の三月には、堀越さんと由希子にホテルのレストランへ招待されて、ごちそうになりました。わたしは映画に出てくる夫婦を見ているような気持ちでした」

中野区に住む友だちはそういった。

二人の友人は、ごく普通のサラリーマンと結婚し、子供もいるのだった。

二人は由希子とともに、高校時代に山登りをはじめ、現在も年に一度は登っている。去年は由希子と三人で二泊の登山をしたという。

二人とも由希子が旅行先から出した絵はがきを持っていた。それを見せてもらった。道原と伏見には、すでに見馴れた文字だった。

道原は、由希子が他所《よそ》の男性と付合っているという話をきいたことはないか、と尋《たず》ねた。

「そんな話は、ぜんぜん」

二人は言下に否定した。結婚以来、悩みを抱えているような由希子を見たことはないという。

由希子は結婚直後、子供を欲しがっていた。だが堀越が彼女が子供を産むことに反対した。彼女の不満といえば、子供のいないことぐらいではないかと、二人の友人はいった。

由希子に男性の山友だちはいなかったかを道原はきいた。高校時代には、男女で南アルプスに何度か登っていることが分かった。

二人の友人は、高校時代に一緒に登った男子生徒三人の名を覚えていた。そのうちの一人は都内に住んでいて、去年都内で行われた同期会に出席していたことが分かった。その男は吉松《よしまつ》という名だった。

6

吉松の住所は板橋区だった。結婚していて子供が一人いた。勤務先は都内の大手建設会社だということが、付近の聞き込みで分かった。

建設会社の人事課で吉松の経歴をきいた。

彼は静岡県立高校を出ると都内の私立大学に進んで、そこを卒業し、すぐに現在の建設会社に就職した。大学在学中は山岳部に所属し、趣味は登山と写真となっていた。

彼の八月の出勤状態を調べた。すると八月二十二日から土、日をはさんで二十八日まで夏休みを取っていた。堀越由希子が死亡したのは八月二十七日である。

吉松は港区のビル建設現場にいた。そこへ行って彼を呼んでもらった。クレーンの長いワイヤーが下りてきて、赤く塗った鉄骨を吊り上げていた。

吉松は社名の入った白いヘルメットをかぶっていた。

道原が胸に手帳をのぞかせると、ヘルメットを脱いだ。まるい顔が陽焼けしていた。

「ここは危険ですから、あそこへ」

彼はイチョウの木の下へ二人の刑事を案内した。そこだけが黒い日陰をつくっていた。

「私たちは堀越由希子さんの遭難を調べています。あなたは彼女をご存じですね？」

「はい。お葬式にも行きました」

「どういうお知り合いですか？」

「高校の同級生でした」

「彼女は、高校のころから登山をしていたということですが？」

「私も同じです。当時、山好きの先生がいて、その先生に引率されて南アルプスに登ったのが、彼女も私も山をやるきっかけでした」

「あなたは由希子さんとは何度も登っているんですね？」

「彼女とは十回ぐらい一緒に登っています」

「ほう。では高校を出てからも？」

「私は大学に進みましたが、彼女は東京で就職していました。高校卒業後もずっと連絡を取り合っていましたので、おたがいに誘い合って、北アルプスにも八ヶ岳にも登りました」

「由希子さんとの最後の登山はいつでしたか？」

「彼女が結婚する前でしたから、六、七年前だと思います」

「どこへ登りましたか？」

「剱《つるぎ》です」

「二人で？」

「私の友人二人と一緒でした」

「それが彼女との最後の山行だったんですね？」

道原は念を押した。

「そうです。彼女は結婚しましたので、誘ってはいけないと思いましたし、もう山には登れないだろうと思いましたから、声をかけませんでした」

「彼女から音信はありましたか？」

「年賀状の交換程度です。彼女は年賀状に、去年はどこそこの山に登ったと書いてよこすことがありました。それで、結婚後も山をやっていることを知りました」

「由希子さんが結婚してから会ったことはありますか？」

「一度もありません」

鉄材のぶつかり合う音が高くひびいた。吉松は音のするほうを仰いだ。傾いた陽が鉄骨の林立を照らしている。

「念のために伺いますが、去る八月二十七日はどこにいらっしゃいましたか？」

「八月二十七日……」

吉松は作業衣の胸ポケットから緑色の表紙のノートを取り出した。

「山へ登っていました」

「どこへですか？」

「北八ヶ岳です」

「北八ヶ岳のどこへ登りましたか？」

「天狗《てんぐ》岳へ入って、中山《なかやま》、丸山《まるやま》、縞枯《しまがれ》山を経由して、横《よこ》岳へ縦走しました」

「一日の行程ではないですね？」

「二十六日に入って、二十七日に帰りました」

「どこの山小屋に泊まりましたか？」

「ツェルトを持って登りましたから、幕営です」

「何人ですか？」

「単独でした」

「登山中に誰かに会いましたか？」

「何人かの登山者やハイカーには出会いました」

「あなたを知っている人には？」

「会いません。……刑事さん。私の山行になにか疑わしい点でもあるんですか？」

「私たちは、由希子さんの死因に疑問を持っています」

「とおっしゃいますと？」

「彼女は二軒の山小屋に偽名で泊まっています」

「偽名で……」

「それと、彼女は男性と一緒に登っていたんです」

「それで、その男性は私ではないかと疑われたんですね」

「あなたが、八月二十六日から二十七日にかけて、天狗岳から横岳へ縦走したという証拠がありますか？」

「証拠……。それは道中に撮った写真だけです」

写真は証拠にならない。たとえ日付が入っていてもである。

「あなたが、八月二十六日に出発したのを知っている人がいますか？　ご家族以外に」

吉松は額に手を当てた。

「思い出しました。隣のご主人に会っています。隣のご主人は釣りに出かけるといって、道具を車に積んでいました」

「おたがいに挨拶《あいさつ》したんですね？」

「しました。私は山へ行くといいました」

「それは何時ごろですか？」

「二十六日の午前六時少しすぎです」

吉松は新宿から午前七時発の特急列車に乗るために駅に向かったという。それが事実なら彼は由希子の同行者ではない。なぜなら彼女は、八月二十五日に田口伸夫と称する男と徳沢園に泊まっているのだ。

念のために隣家の主人に当たるがいいかと、道原は吉松にいった。

「どうぞきいてください。私は疑われるのはいやですから」

彼はタオルのハンカチで額を拭《ぬぐ》った。

「由希子さんには、男の同行者がいたということですが、その男はどうしたんですか？」

吉松はきいた。当然の質問だった。

「行方不明です。ですから私たちはその男をさがしているんです。由希子さんと同じように遭難した可能性もあるとみて、捜索しましたが、見つかりません」

「男は由希子さんと一緒に登っていた。……彼女は転落した……」

吉松はハンカチを握ってつぶやいた。

「男は、彼女の転落を目撃したものと思われます」

「それなのに届出をしなかった、ということですね？」

「そうとしか考えられません」

「男は、由希子さんと一緒に登っていたことを知られたくないので、彼女の遭難をどこにも届けずに下山したのでしょうか？」

「彼女とは特別な関係にあった。それを知られては困るので、頬かむりをして下山したのだと思います」

「人の生命《いのち》にかかわることなのに、卑怯《ひきょう》な男ですね」

「そのとおりです。……由希子さんのほうもその男と一緒に登ったことを誰にも知られたくなかったようです。ですから二軒の山小屋の宿泊申し込み書に彼女が、偽名と偽の住所を書いています」

「彼女がそんなことをする女性だったなんて、信じられません」

吉松は顔の汗を拭いた。

道原もハンカチで首筋を拭った。

建材を積んだトラックが入ってきた。ヘルメットをかぶった男がホイッスルを吹いて車を誘導した。

「吉松さんは、この名前にお心当たりがありますか？」

道原はメモ用紙に「田口伸夫」と書いて見せた。

「いいえ」

「似たような名前の人を知りませんか？」

「田口……。知りません。どういう人ですか？」

「由希子さんが山小屋の宿泊申し込み書に書いた名前です」

「彼女は、自分の名前をなんて書いたのですか？」

「寺尾昌子です」

「高校の同級生に、寺尾という女生徒がいました。由希子さんの旧姓は水島でした」

建設現場にベルが鳴りひびいた。作業終了の合図のようだ。

7

世田谷区の堀越和良の自宅を見に行った。

最寄り駅から十分ばかり歩いた静かな住宅街だった。彼の家は緩《ゆる》い坂の途中にあった。土地が傾斜しているぶんだけ三角形に石垣が積んであった。石垣の上に土色の塀があり、カシの木が家屋を隠すように植えられている。石柱の門があり、そこに白地に「堀越」と黒字で彫られた表札がはまっていた。両隣も道路をへだてた家もコンクリートブロック塀で囲まれている。

高いケヤキの木のある隣家のインターホンを押した。警察の者だと道原がいうと、

「木戸が開いていますので、どうぞお入りください」

と、主婦らしい女性が応《こた》えた。

白い髪をした主婦は、つっかけを履いて庭に立っていた。真っ黒な大型犬がいて尾を振った。蟬《せみ》が鳴きやんだ。

「長野県警の者です」

道原は名乗った。

「ご苦労さまです」

茄子紺《なすこん》のワンピースを着た主婦は頭を下げた。

「堀越さんのお宅のことをちょっと……」

道原がいうと、主婦は玄関に招いた。

玄関のたたきは広くて椅子が置いてあった。この辺では古い資産家といった風情《ふぜい》があった。

「奥さんが山でお亡《な》くなりになり、お気の毒なことです」

主婦も椅子にすわった。

主婦の話によると、堀越が土地を買って家を建てたのは十六、七年前。それまでは近くの家が持つクリ畑だった。

「ご存じと思いますが、先日亡くなった奥さんは二番目のかたでした。前のかたとのあいだにお嬢さんが二人いました。こういう土地ですので、しょっちゅう顔を合わせているわけではありませんが、円満そうなご家庭と思っていました。七、八年前だったと思いますが、奥さんとお嬢さんたちの姿が見えなくなりました。あとで分かったことですが、わたしたちが知らないあいだに、奥さんとお嬢さんたちは出ていかれたようです。堀越さんのご主人からもなんの挨拶もありませんでした」

そのうちに通いのお手伝いがくるようになった。

堀越は毎日、運転手つきの乗用車で出ていった。帰宅時間はその日によってちがうらしく、深夜にタクシーで帰ってくることもあった。

六年ほど前、堀越が訪れた。隣へ家を建てるときと、転居してきて以来のことだった。彼は三十すぎの美しい女性と一緒にきて、「じつは前の女房とは別れ、再婚した。以後よろしく」という意味の挨拶をした。新しい妻は恥ずかしげに頭を下げた。それが由希子だった。

お手伝いはこなくなった。

毎朝、九時半ごろ黒い乗用車が迎えにくる。堀越が乗って行く。それを由希子が見送っていた。それは最近までつづいた。

「若い奥さんとは、お会いになることがありましたか？」

道原は主婦にきいた。

「前のかたにはめったにお会いしませんでしたが、新しい奥さんとはよくお会いしました。奥さんはたいてい自転車に乗ってお買い物に出かけられていました。明るい感じのかたで、愛想よく挨拶をなさいました。二年ぐらい前のことでしたが、リュックを背負った奥さんにうちの前でお会いしました。わたしがハイキングですかとききましたら、山から帰ってきたところだとおっしゃいました。陽に焼けていて、とても健康そうでした」

道原は最近の由希子のようすをきいた。

「どのぐらい前からだったか覚えがありませんが、服装をととのえてお出かけになる姿を何回か見かけました」

「勿論《もちろん》、日中ですね？」

「お昼ごろか、その少しすぎでした。スタイルがいいので、とてもきれいに見えました」

「近所で親しくお付合いしていた家はないでしょうか？」

「どちらとも親しくなさってはいなかったと思います」

道原と伏見は、その家を出ると周囲の四、五軒で聞き込みをした。どの家でも由希子のことは知られていた。道で出会えば挨拶する程度の付合いだったというが、彼女がときどき服装をととのえて外出するのを見ていたという主婦はほかにもいた。彼女が出かけるのは午後一時ごろだったという人もいた。ある主婦は、

「ご主人の会社へ行っていたのではないでしょうか」

と、想像を語った。

おたがいに塀を囲ってはいても、どこかで人の目は光っているものである。


翌日、堀越和良を会社に訪ねた。応接室に通されると、きのうと同じ三十半ばと思われる細身の女性が、すぐにお茶を持ってきた。堀越の秘書のように見えた。
五、六分して長身の堀越が入ってきた。
「ご苦労さまです」

と、彼は無表情な顔をしていった。

「奥さんは、こちらの会社に、ときどききていらっしゃいましたか？」

「いいえ。家内はきていません。役員でも社員でもありませんでしたし」

「ときどき奥さんは日中、服装をととのえて出かけられていましたが、どこへ行っていたのか、ご存じですか？」

「デパートです。子供もいませんし、家事がすめば時間に余裕がありましたから、一週間か十日に一度は、デパートめぐりをしていました。べつになにを買うという目的があったわけではなく、商品を見てまわるのが好きでしたから。いくら主婦でも、惣《そう》菜《ざい》の買い物に出る程度では、ストレスがたまるでしょうから、デパートめぐりぐらいはいいだろうと私もいっていました。たまには私の着る物を買ってくることもありました」

「どこのデパートへ行っていたのかご存じですか?」

「おもに新宿か渋谷で、たまに銀座へも行くといっていました」

夫は妻の外出に制限をくわえたり、その日の行き先をいちいちききいたりはしなかったのだろうか。

堀越が由希子と結婚したのは六年前。彼女が三十二歳のときだった。そのころから彼女はときどき日中に、服装を替えて外出していたのか。

大同商事の入っているビルを出ると、道原の携帯電話が鳴った。四賀課長からだった。

「伝さん。さっき署に、堀越由希子に関する電話が入った」

「由希子に関して。……誰からですか?」

「匿名《とくめい》だ。女性からだがね、名乗らないんだ。彼女の知り合いであることはたしかだ」

「どういう内容ですか？」

「八月十九日の午後一時半ごろ、由希子を赤坂のSホテルで見かけたというんだよ」

道原はビルの壁面に寄ってノートを開いた。

八月十九日は平日である。

「その電話の内容は具体的でね、由希子はそのホテルのフロントで署名して、客室のキーを受け取ると、エレベーターに消えたというんだ」

「電話を掛けてきた人は、由希子をじっと見ていたんでしょうね」

「そうらしい」

「Sホテルは、高層の有名ホテルです」

「彼女が八月十九日に、ホテルの客室を使ったかどうか確認できないだろうか？」

「一流ホテルはガードが堅いですからね。でもやってみます。由希子は誰かと一緒だったんでしょうか？」

「匿名の女性がいうには、独りだったらしい」

「電話を掛けてきたのは、何歳ぐらいの人ですか？」

「四十代じゃないかと思う」

「自宅の近所の人かもしれませんね」

「近所の人なら彼女をよく知っている。人ちがいじゃないだろうね」

道原は、中野区に住む由希子の友人だった女性に電話した。きのう会った人である。

由希子の写真を持っていないかときくと、何枚もあると答えた。

道原たちはその家を訪ねた。

友人は赤い表紙のアルバムを用意していた。

「いちばん新しいのがこれです」

彼女は由希子と並んでいるのを指差した。撮影したのは今年の六月。彼女が日曜に由希子の自宅を訪ねたさい、堀越がシャッターを押してくれたものだという。友人はやや硬い表情をしているが、由希子は自宅にいるせいかほほ笑んでいる。

アルバムの前のページには、由希子と友人が正装して並んでいるのがあった。去年の秋、二人で上野の美術館へヨーロッパの著名画家の展覧会を観に行ったときに撮ったものだという。二人は緑色の鉄の柵の前に立っていた。由希子は朽葉《くちば》のような色のジャケットを着、襟《えり》に水色のスカーフを見せていた。横の友人よりもはるかに上質な物を着ているように見えた。

道原は二枚の写真を借りた。

8

道原と伏見は地下鉄を赤坂見附で降り、木立ちに囲まれたSホテルに向かった。レンガ色のそのホテルは、灰色とガラス張りの高層ビルと高さを競うように建っていた。回転ドアを押した。中央のロビーには十数人の男女が立っていて、白いシャツを着た若い女性の話をきいていた。右手の一段高くなったところが白い円形のテーブルを並べたラウンジで、八割がたの席が埋まっている。ラウンジの客は女性が多かった。天《てん》井《じょう》からはピアノの音楽が降っている。

フロントは左の奥だった。制服の男女が四人立っていた。いまはひまな時間のようで、客らしい人は二、三人しかいなかった。

道原はフロント係の男に警察官であることを名乗り、折入って頼みたいことがあるといった。

フロント係は笑顔を消し、

「マネージャーを呼びましょうか？」

ときいた。

道原たちはせまい応接室に招かれた。特別な客と用談する部屋のようだった。

六十歳見当の痩せた男が入ってきた。白髪《しらが》頭をきれいに撫《な》でつけていた。マネージャーだった。

道原は殺人事件の疑いがある捜査で上京しているといった。

「フロント係のかたにこれを見ていただきたいのですが」

道原は、堀越由希子が写っている写真を見せた。

「この女性がこちらを利用していたと思われます。目撃者がいますからまちがいないでしょうが、確認したいんです」

マネージャーはわずかに眉間《みけん》を寄せた。客のプライバシーについては触れたくないのだが、とその顔はいっていた。

「ほんとうは申し上げないことになっているのですが、事件が事件ですので……」

マネージャーは手を揉《も》んでから椅子を立った。

四十代と三十代の男が、マネージャーに連れられて入ってきた。三人とも硬い表情をしている。

「この女性は、去る八月十九日の午後一時半ごろチェックインしているはずですが、顔を覚えていますか？」

道原は、並んで腰かけた二人のフロント係にきいた。

フロント係は写真を見てから、マネージャーのほうへ顔を振り向けた。

マネージャーは目顔でうなずいた。刑事の質問に答えろといったのだった。

「このお客さまは、ときどき客室をお使いになっていらっしゃいました」

四十代のほうが答えた。

「ときどきというと、どのぐらいの間隔で？」

「週に一度ぐらいでございます」

「では、あなたがたはこの女性の名前も知っていたんですね？」

「はい」

「なんという名前ですか？」

「寺尾さまです」

「寺尾昌子ではありませんか」

「そのとおりでございます」

「八月十九日に客室を利用しているのはたしかですか？」

「調べてまいります」

三十代が立ち上がった。彼は五、六分後に宿泊カードを持ってもどってきた。

「八月十九日に、たしかにご利用いただいております」

道原は宿泊カードを見せてもらった。

［寺尾昌子　東京都北区　電話番号］

年齢の欄は未記入だった。

一目見ただけで由希子の字だと分かった。

彼女は以前からこの氏名と住所をホテルでも使っていたのだ。

「この女性は、いつごろからこちらを利用していましたか？」

「たしか去年の夏ごろからと記憶しております」

「いつも日中ですか？」

「午後の二、三時間でございます」

「誰かと一緒でしたか？」

「いつもお独りのようでしたが……」

四十代のフロント係は首を斜めにした。

「どんなタイプの部屋を利用していましたか？」

「ダブルタイプでございます」

「チェックアウトは本人でしたか？」

「はい」

「誰かと一緒に帰るところを見たことはありませんか？」

「さあ。覚えておりません」

「支払いは現金でしたか？」

「現金です」

道原は念のために室料をきいた。三万七千円から四万一千円までだという。

なにか問題が起きたことはなかったかをきいた。

「なかったと思います」

二人のフロント係は顔を見合わせて答えた。


ホテルを出ると強い風が吹いていた。公園の木の葉が西陽を受けてキラキラと輝いていた。

「由希子はホテルで、男と会っていたんでしょうね？」

伏見がいった。

「利用していた部屋のタイプからいって、それはまちがいなさそうだな」

道原は池にかかる橋の上で、四賀課長に電話した。

「確認できたか」

課長は高い声を出した。

「ガードは堅いと思いましたが、殺人事件の疑いがあるというと、協力してくれました」

「由希子は去年の夏ごろから、そのホテルを毎週のように使っていたのか。……夫がいるのに危険なことをしていたものだね」

「日中、夫とホテルで会う必要はないでしょうから、男と会っていたんでしょう」

「その男が誰かを突きとめないとな。その男と、山へ一緒に登ったのは同一人物の可能性がある。ホテルでも山小屋でも彼女が署名している。やりかたが同じだ。……伝さん。夫の堀越が、由希子が毎週のようにホテルを利用していたのを知っていたとしたら、どうだろう?」

「女房に愛人がいたのを知っていたということですか?」

「彼女は週に一回は服装をととのえて外出していた。それに気づいていたし、何をしていたのかにも勘づいていた……」

「そうだとしたら、放ってはおかなかったでしょうね」

「堀越に当たってみてくれ。由希子の外出の目的を知っていたかどうかをきいてみるんだ。知っていたとしたら、顔色を変えるような気がする」

道原たちには、堀越和良がどういう人間なのかまだ分かっていない。分かっているのは、社員約百人の商事会社の社長ということと、離婚歴があり、先妻とのあいだに娘が二人いるということだけである。

西新宿の大同商事へ行った。きょう二度目の訪問である。受付の女性はすでに道原

たちを覚え、

「社長にご用でございますね」

といって、電話を掛けた。

社長は接客中ということで、二十分ばかり待たされた。待っている間、道原は広いガラス越しに庭を眺めていた。幅三メートルばかりの囲いの中に砂利《じゃり》が敷きつめてあり、細い竹が植えられている。竹は風にあおられて折れるように曲がり、窓ガラスを掃いていた。

「お待たせいたしました」

受付係が呼び、応接室へ案内された。

社長の堀越は相変らず上質のスーツを着ていた。終日、エアコンの効《き》いた社長室にいて、汗をかいたことのないような顔をしている。

「たびたびお邪魔《じゃま》してすみません」

道原は軽く頭を下げた。

秘書らしい細身の女性が冷たいお茶を持ってきた。彼女は丁寧におじぎをして去った。

「奥さんは、週に一度は服装をととのえて外出されていましたが、その行き先をご存じでしたか？」

道原はけさも同じ質問をしている。

「いつも家にいますから、気晴らしにデパートめぐりをしていました」

堀越はけさと同じように答えた。

「奥さんの行き先はデパートではありませんでした」

「えっ」

堀越は目をまるくした。

「奥さんは、田口伸夫と称する男性と山に登りました。その男性は行方不明です。おそらく奥さんが転落したのを知りながら、山を下ったのでしょう。私たちは、奥さんが同行の男性に突き落とされた可能性もあるとみています。つまり殺人を視野に入れて捜査しているということです。ですから奥さんの同行者をどうしてもさがし出さなくてはなりません。……奥さんが偽名で山小屋に泊まったということは、男性の同行者がいたことを知られたくなかったからにちがいありません。知られたくなかったということは、二人は秘密の間柄《あいだがら》とみていいでしょう。秘密の間柄であることと奥さんの死亡は、関係があるものと思われます。それで私たちは、奥さんの日常を細かく調べているわけです」

堀越は憮然《ぶぜん》とした顔をして腕を組んだ。

「奥さんは去年の夏から、ほぼ週に一回、赤坂のホテルへ行っていました」

「赤坂のホテルへ……」

堀越はつぶやいてから奥歯を噛んだようだった。

「日中の二、三時間、ホテルの客室を利用されていました」

「誰かと会っていたということですか？」

「利用されていた部屋のタイプから推《お》して、男性と会っていたものと思われます」

堀越は眉間に深い皺《しわ》を彫った。

「堀越さんは、奥さんの行き先を知っていたのではありませんか？」

道原は堀越の顔をにらんだ。

「いえ、知りません。由希子がデパートへ行っているといっていましたから、それを信じていました」

「奥さんはほとんど毎週の日中に出かけていました。その行き先に疑いを持たれたことはありませんでしたか？」

「ありません。私は家内を信じていましたから」

「奥さんが赤坂のホテルを利用されるようになったのは、去年の夏からです。そのころ、奥さんのようすに変化を感じたことはありませんか？」

「ありません」

堀越は答えたが、その声には力がこもっておらず、視線はテーブルのお茶に注がれていた。

9

道原は四賀課長と電話で打ち合わせた結果、堀越の行動を監視することにした。由希子が毎週のように日中ホテルを利用していたことを、堀越が知っていたとしたら、彼に対する見方を変えなくてはならなかった。

妻が一年間も、毎週のようにホテルで男と会っていたのに気がつかなかったという、夫の話は信じられなかった。堀越は去年の夏あたり、妻の変化を嗅《か》ぎ取っていたように思われるのだった。それを妻にはいわず、追及しなかったのではないか。だから由希子は最近まで、週に一度は服装をととのえて外出していた。行き先は赤坂の一流ホテルだった。不運なことに彼女は、フロントで客室のキーを受け取って、エレベーターに乗るところを、知り合いの人に見られてしまった。知り合いの目に触れたということは、彼女がそのホテルを利用する頻度《ひんど》が高かったということではないか。たとえば彼女が月に一回しか利用しなかったとしたら、知人に目撃される偶然は低かったかもしれない。

都内にはホテルがいくらでもある。なぜいつも同じホテルを利用していたのか。S

ホテルを彼女が、あるいは男が気に入ったからか。それとも男にとって、そこが便利だったからか。

道原は、由希子がSホテルに行く交通機関の経路を考えた。帰りはタクシー利用にしても、行きは電車を利用したような気がする。

彼女の自宅は小田急線沿線だ。最寄り駅までは歩いて十分ほどである。新宿行きに乗って、代々木上原で千代田線に乗り換え、表参道で地下鉄銀座線に乗り換える。Sホテルの最寄り駅は赤坂見附だ。自宅からホテルまでは四十分あまりではないだろうか。

彼女がチェックインする。その前に電話で客室を予約していたのだろう。

昼間、男から彼女の自宅に電話が入り、たがいに都合のよい日を打ち合わせていたにちがいない。

一流ホテルの室料は安くない。チェックアウトも彼女がしていたというが、料金はどちらが負担していたのだろうか。その金額は普通のサラリーマンには荷が重すぎる。

道原たちは警視庁新宿署に協力を求め、堀越和良が仕事を終え、帰宅するまでを尾行することにした。

張り込んで最初の日、彼は午後八時半ごろ大同商事の入っているビルを出てきた。

走ってきたタクシーをつかまえて乗り、そのまま帰宅した。自宅に電灯がついたのが見えた。由希子が死亡したあと、通いのお手伝いがきているということだが、その人はとうに帰ったようで、彼は無人の家へ帰ってきたのだ。

一時間張り込んでいたが、彼は出かけないし、訪問者もなかった。

張り込み二日目、堀越は午後七時すぎにビルを出てきた。昨夜と同じでタクシーを拾った。甲州《こうしゅう》街道を走っていたが、途中で右に折れた。直接帰宅するのでないことが分かった。三、四分走ってマンションの前でとまった。彼はそのマンションに飛び込むように入った。そこは杉並区下高井戸《しもたかいど》だった。

ドアは二重になっていた。彼はオートロックのボタンを押してドアを開けた。刑事の尾行もここまでだった。

次の日、そのマンションを訪ねた。白っぽいタイルを貼った高級感のある建物で、わりに新しかった。

管理室があった。呼び鈴を押すと六十すぎの男が小さな窓に顔を出した。

道原が名乗ると、ドアの中へ招いた。管理室はせまかった。テーブルの上に宅配便の小包がいくつも積んである。

「管理人さんは夜間も？」

道原はきいた。

「午後七時までです」

道原は堀越の体格や風貌を話し、ときどき訪れる人だと思うが、どの部屋へ入るのかをきいた。

管理人は首を傾げた。誰のことなのか分からないという。

ふたたび新宿署に協力を求め、朝出勤する堀越を盗み撮りしてもらうことにした。写真は出来上がった。堀越はグレーのスーツを着て、黒塗りの乗用車に乗ろうとしていた。正面からとらえた写真もあった。

その写真を、下高井戸のマンションの管理人に見せた。

管理人は手に取った写真をじっと見てから、

「五階に住んでいる今津《いまづ》さんのところへくるかただと思います」

と、低い声で答えた。入居者のことについては詳《くわ》しく話したくないという口調だった。

「今津さんは女性ですね?」

「はい、今津美帆《みほ》さんというかたです」

「今津さんは何歳ぐらいですか?」

「二十四、五だと思います」

「独り暮らしですか?」

「はい」

「入居はいつですか?」

「一年半になります」

「ここは賃貸ですか?」

「はい」

「今津さんの部屋の家賃は、いくらですか」

「三十二万円です」

「今津さんの職業はなんですか?」

「会社員のようです」

管理人は入居者の緊急連絡先を知っているはずだった。それをきくと棚からノートを下ろした。

今津美帆の緊急連絡先は「杉本《すぎもと》電工」となっていて、電話番号が分かった。

マンションを出ると杉本電工へ電話した。その会社は西新宿にある。堀越の大同商事とは近そうだった。

今津美帆は杉本電工の社員だった。彼女に電話し、会いたいというと、

「どんなご用件でしょうか?」

と、ひそやかな声できいた。

「堀越和良さんのことを少しばかり」

彼女は勤務が終わってからにしてもらえないかといった。

道原は、堀越には連絡しないほうがいいと釘《くぎ》を刺した。

今津美帆は午後六時半、西新宿の地下にある喫茶店へやってきた。クリーム色のシャツに水色のスカートを穿いていた。白いバッグは高級品に見えた。面長《おもなが》で鼻が高く、唇はくっきりとした線に縁どられていた。

彼女は怯《おび》えるような顔をして、道原と伏見の前へすわった。

「警察のかたとお話しするのは、初めてです」

彼女は細い声でいってから目を伏せた。

「堀越和良さんとは、親しい間柄ですね？」

道原は穏やかに切り出した。

彼女はうなずいた。視線は白いカップに落としたままである。

「どのぐらい前からのお付合いですか？」

「二年ほどです」

「あなたは家賃の高いマンションに住んでいる。堀越さんにすすめられてあそこに住むようになったんですね？」

「はい」

消え入るような声で返事した。

「堀越さんには奥さんがいた。それは承知していましたね？」

彼女は小さく首を動かした。

道原はコーヒーを一口飲んだ。

彼女はカップに手を触れなかった。

「堀越さんはあなたのところへ、毎晩寄るんですか？」

「毎晩ではありません」

「何日おきぐらいに？」

「週に二回ぐらいです」

「前からですか？」

「はい」

「堀越さんの奥さんは先月亡くなりました。それは知っていますね？」

「知っています」

「どこで、どんなふうに亡くなられたのか、堀越さんはあなたに、どう話しましたか？」

「登山中に崖から落ちて遭難したということでした」

「何人かと一緒に登っていたといいましたか？」

「奥さんは独りで登っていたということです」

「奥さんが登山に出発することを、あなたは何日か前から知っていましたか？」

「いいえ。お亡くなりになってから、堀越さんにききました」

「どこでききましたか？」

「長野県にいるといって、夜、わたしの家に電話がありました。奥さんが山でお亡くなりになったときいて、わたしはびっくりしました」

彼女は目を伏せたまま答えた。緊張が頬のあたりにあらわれている。

「堀越さんは、奥さんのことを、あなたに話すことがありましたか？」

「めったに話しません。わたしもきくのがいやですから」

「奥さんは、週に一回ぐらい、日中に外出していました。近所へ買い物に行くという外出ではない。そのことを堀越さんはあなたに話したことがありますか？」

「きいたことはありません。奥さんは、どこへいらしていたんですか？」

彼女はちらりと目を上げた。

「都内です。服装をととのえて出ていったようです」

彼女は首を左右に動かした。刑事がなぜそんなことを話すのかを考えているらしかった。

「堀越さんは、あなたを愛しているのでしょうね？」

彼女は手を動かしたが、黙っていた。

「堀越さんはあなたに、一緒になりたいといったことはありませんか?」

「できることなら、一緒になりたいと、何回かいわれたことがあります」

「あなたは、なんて返事をしましたか?」

「奥さんがいらっしゃるんですから、一緒になれるわけがないでしょ、といいました」

「そうしたら、堀越さんは?」

「『妻と別れたら、一緒になってくれるか』ときかれました。わたしは、『そんなこと、できるわけがないでしょ』といいました」

「堀越さんが、あなたと一緒になりたいといったのは、いつごろですか?」

「本気で考えているといったのは、半年ぐらい前だったと思います」

「堀越さんは、奥さんと別れるつもりだったんでしょうか?」

「分かりません。わたしは、彼の離婚に期待したり、奥さんと別れてくださいなんて、いったことはありません」

「堀越さんは、奥さんに不満があったので、離婚を考えているようでしたか?」

「そういう話もきいたことはありません」

「堀越さんの奥さんは亡くなり、彼は独身になった。あなた次第ですが、堀越さんと一緒になることは可能ですね」

「わたし怖いんです」

「わたしが奥さんが亡くなることを望んでいたみたいで」

彼女は細い指の白い手を胸に当てた。

道原はコーヒーを一口飲んだ。

「私たちが、山で遭難死した堀越さんの奥さんのことを、なぜ調べているのか分かりますか?」

今津美帆は目を上げ、二人の刑事を見てから首を横に振った。

「奥さんの死因に不審を持っているからです」

「過って、崖から転落したのではないんですか?」

彼女の目が大きくなった。

「転落して亡くなったのはたしかですが、転落の原因に不審を持っているんです」

「おっしゃっている意味が分かりません」

彼女は、まなざしを刑事に向けた。

「堀越さんの奥さんは、由希子さんという名前です。彼女は単独で登ると堀越さんにいって出発しましたが、じつは男性と一緒でした。亡くなるまでのあいだに、二か所の山小屋に泊まっています」

「奥さんと一緒に登った男性は、どうしたのですか?」

「なぜですか?」

「行方不明です」

「二人とも遭難したということでは？」

「それなら男性の遺体も発見されるはずです」

「どうしたんでしょうか？」

「由希子さんが転落したあと、山を下ったのだと思います。彼女の遭難を届けずにです。……ですから私たちは、その男性をさがしているんです。彼女が過って転落したとはかぎりませんからね」

「過って転落したのでないとしたら、どういうことが考えられるんですか？」

彼女の目が光ってきた。

「突き落とされた可能性もあるということです」

「それでは……」

彼女は口に手を当てた。

「そうです。殺人です」

彼女は顎《あご》の下で手を組み合わせた。顔色が変わってきた。

堀越は、妻に親しい男性がいたのを知っていたのではないか、と道原はきいてみた。

今津美帆は、分からない、というふうに首を振った。

堀越は愛人の彼女に、妻の浮気を話したことがなかったようだ。

10

今津美帆は、蒼い顔のまま白いバッグを抱えて、喫茶店を出ていった。

「彼女が堀越と一緒になりたがっていたとも考えられるな」

道原は伏見にいった。

「彼女は二十四、五で、堀越は五十七歳です」

「年齢の差は関係ないと思う。経済的な援助を受けているというだけでなく、彼女は堀越のことが好きだから付合っているはずだ。はじめは男のほうが積極的だったが、付合っているうち、女のほうは、愛人生活に満足できなくなった。そういうことも考えられるんじゃないかな」

「今津美帆を疑ってみる必要があるというんですね？」

「由希子は、毎週のようにホテルで男と会っていたし、山へも男と一緒に行っている。今津美帆が由希子を殺したとは思えない。だが、男を使って殺させたということは考えられる」

「今津美帆は純真そうに見えましたが、背景は分からないというわけですね」

「今津美帆には、由希子を抹殺する動機がないとはいいきれないということだ」

道原たちはあしたから今津美帆の身辺を嗅いでみることにした。

まず彼女の正確な年齢を調べた。二十五歳だった。出生地は大分県日田市《ひた》。同市には母親と姉が住んでいることが分かった。

日田市の警察に依頼し、今津美帆の家庭環境を調べてもらった。

美帆の父親は市役所の職員だったが、四年前に病死。母親は市内の料理屋に勤めている。姉は市内の運輸会社の社員で独身。母親と二人暮しである。

美帆は日田市の高校を出て、福岡市内の短大に進んで、そこを卒業すると、就職のために上京した。中野区野方《のがた》に住んでいたが、一年半前に杉並区下高井戸に転居した。

高校時代に美帆と親しくしていた同級生が分かった。松下元子《まつしたもとこ》といって、現住所は品川区大井、とあった。

道原たちは松下元子の住所を訪ねた。そこは最寄り駅から歩いて十二、三分の古くて小さなアパートだった。彼女は独身。会社勤めで、夜七時ごろでないと帰らないことが分かった。

道原たちは出直し、彼女の帰宅を待った。

松下元子は、午後七時すぎ、黒いバッグと白い袋を提《さ》げて帰ってきた。二十五歳なのに、その足取りは疲れているようだった。

今津美帆のことをききたいというと、

「美帆になにかあったんですか？」

といって、胸を押さえた。

ある事件の関連で、今津美帆がどういう人柄なのかを参考までに知っておきたいだけだ、と道原はいった。

「ここでよろしいですか？」

松下元子は、二人の刑事をせまい玄関に立たせた。部屋は、六畳一間に台所程度の広さだろう。会社勤めの女性の住まいとしてはこの程度の部屋が適当だろうと思われた。

「今津美帆さんとは、高校時代からのお友だちだそうですね？」

道原がきいた。

「高校のときから、ずっと親しくしています」

元子は高校を卒業すると都内の会社に就職し、現在も同じところに勤めている。上京当初は会社の寮に入っていたが、三年経って寮を出、このアパートに住むようになったのだという。

美帆は元子より二年あとに上京し、中野区のアパートに住むようになった。

「二年ぐらい前まで親しくしていたということですが、その後は？」

道原は首を傾《かし》げてみせた。

「二年ぐらい前まで、美帆とわたしは、ほとんど毎晩電話をし合っていましたが、急に美帆が電話をよこさなくなりました。わたしが掛けても留守のことが多かったんです」

「美帆さんの生活状態が変わったということですか？」

「会社の仕事が忙《いそが》しくて、帰りが遅くなるといっていましたが、話しかたがそれまでとちがって、わたしと話すのが面倒くさくなったみたいでした」

「なぜでしょうか？」

「わたしは、彼ができたのだと思いました」

「それをききましたか？」

「美帆は、そうじゃないといっていました」

「二年ほど前までは、美帆さんとはよく会っていましたか？」

「二週間に一回ぐらいは会っていました」

「それ以降は？」

「月に一回ぐらいになりました。美帆は変わりました。以前からわたしもそうですが、彼女も地味でした。会社の給料では、洋服なんかしょっちゅう買えませんし。……ところが美帆は高そうなジャケットを着ていたり、ブランドのバッグを持つようになりました」

「それも二年ぐらい前からですね？」

「そのころからです」

「それについて、あなたは美帆さんにききましたか？」

「服装が変わったことをききました」

「美帆さんはなんて答えましたか？」

「おしゃれをしたくなったので、無理して買ったといっていました。わたしは彼女が夜、アルバイトをしているんじゃないかと思いました」

「夜のアルバイトというと？」

「水商売です」

「それをききましたか？」

「ききましたが、彼女は否定しました」

「美帆さんは、水商売で働けそうな人ですか？」

「社交性があるほうではありませんが、その気になればやれるんじゃないかと思いました」

「美帆さんは親友のあなたに、生活状態の変化をなぜ正直に話さなかったんでしょうか？」

「あとになって分かりましたが、そのときは体裁《ていさい》が悪かったのだと思います」

美帆の服装や持ち物が変わってから半年ぐらいして、彼女は転居した。中野区ではアパートだったのに、転居先はマンションのようだった。

元子は一か月ぶりに美帆に会った。どんなところへ転居したのかと元子がきくと、前より少し広い部屋だといった。家賃はいくらかときくと、『十万ちょっと』と答えた。

元子は美帆の変わりかたが気になり、休日に彼女の新居をそっと見に行った。するとそこは新しくて、高級感のあるマンションだった。家賃が、『十万ちょっと』であるはずがなかった。元子は美帆に不審を抱いた。

次に会ったとき、

『あなた、お金の沢山《たくさん》入るアルバイトでもしているんじゃないの？』

と、元子はきいた。住まいを見に行ったことは口にしなかった。

『じつは……』

美帆はいいにくそうに切り出した。半年あまり前から、ある会社の社長と交際しているのだと白状した。

『社長って、いくつぐらいの人なの？』

『五十半ばなの』

『その人、奥さんも子供もいるんでしょ？』

『奥さんはいるわ。二回目の結婚で、最初の奥さんとのあいだには子供が二人いるらしいの』

『その人が、あなたにいろいろな物を買ってくれるのね？』

『そう。いまのマンションの家賃も払ってくれているの』

『そんなことしていて、あなた平気なの？』

『平気じゃないけど……』

『その人の奥さんにあなたのことが知られたら、とんでもないことが起こるかもしれないわよ』

『そうかしら？』

『そうよ。奥さんがどんな人か分からないけど、人によってはあなたのところへ踏み込んでくるってこともあるのよ』

『彼は、奥さんには絶対に分からないようにしているっていってるけど』

『夫でも妻でも、愛人ができると変わるっていうじゃない。その人の奥さんはもうあなたの存在に勘づいているかもしれないわよ』

『知られたら、なにかされるかしら？』

『人柄によるわね。夫の浮気を知っていても、黙って耐えている奥さんもいるらしいし。……奥さんがどんな人かを、その人は話すの？』

『ほとんど話さないわ。わたし、奥さんのこときくのいやだから、きかないことにしているの』

『あなた、その人のこと好きなのね？』

『すごくいい人だもの。紳士だし、やさしいし』

しかし罪なことだと、元子は美帆にいった。

「最近も美帆さんに会っていますか？」

道原は元子にきいた。

「一か月ほど前に会いました」

「美帆さんに変わった点はありませんか？」

「特に変わったところはありません」

「美帆さんは、彼と一緒になるとは考えていないのでしょうか？」

「『これから先どうするの』とわたしがききましたら、当分のあいだいまのままでいいといっていました。もしも彼が離婚でもすれば、美帆も考えが変わると思いますが」

「八月二十七日以降、美帆さんと電話していますか？」

「いいえ。わたしからも掛けていません」

「美帆さんは、親しいあなたに相談したいことがありそうな気がするんです」

「美帆になにかあったんでしょうか？」

「警察の者からきいたといわずに、電話してみてください」

道原は、堀越由希子が山で死亡したことは話さなかった。

元子は今夜にでも美帆に電話するのではないか。美帆は、「彼」の妻の死亡を話すだろうか。あるいは、会って話したいことがあるといいそうな気もする。

11

道原と伏見は署へ呼びもどされた。

堀越由希子の山行の同行者が誰なのか分からなかった。彼女は去年の夏ごろから毎週のように、平日の日中、赤坂の一流ホテルを利用していた。利用していた客室のタイプから推して、男性と会っていたようである。その男性が誰だったかも不明だ。彼女がホテルを予約し、チェックインし、チェックアウトもしていた。

由希子はチェックインしてキーを受け取ると、その部屋番号を男性に教えていたのだろう。たぶん男性はホテルの近くか、ホテル内で、彼女から掛かってくる携帯電話を待っていたのだろう。電話を受けると、ホテルの従業員の目に触れないようにして、彼女の部屋へ行っていたものにちがいない。

彼女とホテルで会っていた男性も、山行に同行した男性も同じ人間だろうと思われる。

その男性は、平日の日中の二、三時間、彼女とすごせる時間的な余裕があった。職業が自由業ということも考えられるが、サラリーマンでも職種によっては、時間をやりくりすることは可能だろう。たとえば営業係で、社外に出る機会が多い。彼女と電話で連絡を取り合い、都合のよい日を決めていたのではないか。

由希子の夫の堀越和良は、彼女が週に一度は服装をととのえて外出するのを知っていた。その行き先はデパートだったといっている。彼女がそういっていたのを夫は信じていたらしい。

彼女の外出先がデパートでなく、都内のホテルだと知って、驚いてはいた。ほぼ一年間、妻の日中の外出の目的を疑ったことがなかったのか。

由希子は、ホテルを利用した証拠を一切残していなかったのだろう。ホテルはかならず料金の領収書を出す。それを受け取っても、彼女は破り捨てていたのか。

一方、夫の堀越には若い愛人がいた。今津美帆で、二十五歳だ。彼女は短大を出て、都内の企業に就職した。二年ほど前に堀越と知り合い、親密な関係になった。彼は経済的に余裕があるから、彼女の身につける物を買い与えた。二人が親しい間柄になってほぼ半年後、彼女はそれまで住んでいたアパートから、高級感のあるマンションに転居した。堀越がすすめたのだ。彼女に贅沢な住まいを与えたのには目的があった。会社の帰りに彼は寄ることができるからだ。

彼女は、自分の収入では手が出せなかった洋服やアクセサリーを身につけられるようになり、分不相応なマンションに住むようになった。前に借りていたアパートより広いし、快適にちがいない。彼が彼女をあともどりさせないように、習慣づけてしまったのだ。

それは男にとって、女に対する一種の拘束である。ある程度の贅沢で彼女をしばっているのだ。

由希子は、夫に若い愛人がいることを知っていただろうか。どこの誰とは特定できないまでも、好きな女性がいることをうすうすは勘づいていたことも考えられる。

道原たちが帰署した翌日、警視庁練馬署の石丸《いしまる》という四十代の刑事が豊科署を訪れた。

石丸は、管内で発生した殺人事件を捜査しているといった。

四賀課長と道原が、どんな事件かときいた。

去る八月二十九日の深夜、岩永純平《いわながじゅんぺい》という四十三歳の男が、自宅から三〇〇メートルぐらいの暗がりで、腹と背中を刃物で刺され、出血多量で死亡した。遺体は翌朝の午前四時半ごろ新聞配達の男によって発見された。解剖の結果、刺殺であることが分かり、死亡は八月三十日の午前零時ごろと推定された。

岩永純平はN電鉄会社の社員。家族は妻と子供二人で四人暮らし。

八月二十九日は同僚三人と飲食し、新宿のカラオケルームで二時間ほどうたって、午後十一時半ごろ三人と別れたということだった。彼は電車で帰途につき、自宅の最寄り駅を降り、約十分歩いたところで凶行に遭ったものと推定された。

彼はごく平均的な会社員で、事件に巻き込まれるような男ではないというのが、勤務先の上司や同僚の見方だった。

夫婦仲も円満で、住所の近所での評判も悪くない。

八月二十九日の夜、飲食中やカラオケルームで、誰かと争っていないかについても調べたが、そのような事実はないということだった。

結局、殺された原因については分からず、犯人像も摑《つか》めていない。事件発生後半月経過したところで、捜査は早くも暗礁に乗り上げた格好となった、と石丸刑事は説明した。

「被害者の岩永純平の趣味は、登山と山の写真を撮ることでした。今年の八月も北アルプスに登って、フィルム二本、七十二枚写真を撮ってきています。これがそのときの登山で撮ったものです」

石丸は茶封筒からカラー写真を取り出した。

四賀課長と道原と伏見は、その写真を一枚一枚手に取った。

「涸沢から北穂へ登ったんですね」

十枚ばかり見たところで伏見がいった。

日付入りの写真は岩永の登山行程をそのまま記録していた。まず上高地のバスターミナル付近から穂高を仰いでいた。カラマツ林越えの穂高は青く写っていた。白い石河原の梓川は、空の色を映して、青い部分と黒い部分があった。ダケカンバの枝のあいだから明神岳の屹立《きつりつ》をとらえていた。茶色と緑色のコントラストが鮮やかに浮き出ている。

林にはさまれた梓川を撮っているのが五枚つづいていた。白い中洲が陽の光をはね返している。上流は緑の山に吸い込まれていた。

大岩壁の屛風《びょうぶ》岩が三枚あった。三枚のうち二枚はズームで引き寄せたらしく、赤と黄色のヘルメットをかぶったクライマーが入っていた。

ここで岩永はカメラをザックにおさめたのか、涸沢までの道中の写真はなかった。

涸沢では山小屋と、色とりどりのテント、振り仰ぐ涸沢岳の威容を十二枚撮っていた。

「岩永という男は、単独行でしたか？」

道原が石丸にきいた。

「細君は、単独で登ったといっています」

同行者がいれば、その人を撮ったり、自分が写ったりしているものだが、ほとんどの写真は風景だった。

道原たちが写真を見終えると、七十二枚の中から石丸は二枚を抜き出した。

「この写真の場所がどこかお分かりになりますか？」

石丸は二枚をテーブルに並べてきいた。

「横尾というところです」

伏見が答えた。

その二枚は、二人の登山者の後ろ姿を撮ったものだった。赤いザックと紺色のザックを背負った二人が並んで歩いている。赤いザックを背負っているのは、どうやら女性のようである。写真の左下に黄色のテントの端が入っていた。先のほうに欄干《らんかん》のない橋が写っている。

それは梓川にかかる横尾橋だろう。

「横尾というのはどの辺ですか。私は山をまったく知らないものですから」

石丸がいった。

伏見が、「穂高、槍」と太字で刷ってある地図を広げた。梓川は青色で描かれている。

「上高地から北へ、明神、徳沢、というところを経て、三時間あまりで横尾に着きます。そこは、穂高岳、槍ヶ岳、蝶ヶ岳、常念《じょうねん》岳などへの登山基地といったところで、横尾山荘という山小屋があります」

伏見は、ボールペンを当てて説明した。

「七十二枚のうち、この二枚だけが風景でなく人物を狙って撮ったように思われます」

石丸はいった。

そういえばその二枚以外はすべて山や川や山小屋やキャンプ場を撮っている。

二人の登山者の後ろ姿を撮っている写真には八月二十六日の日付が入っていた。

「写真によると、岩永という人は、八月二十四日に入山して、二十六日に下山したようですね」

道原はあらためて写真の日付を見ていった。

「そのとおりです。岩永は細君に登山日程を書いたものを渡して、八月二十四日に出発しました。細君はそれを捨てずに持っていました。それによると、二十四日は横尾山荘宿泊。二十五日は北穂高小屋宿泊。二十六日は北穂から下山の途につき、上高地を経て帰宅、となっていました。彼はその計画どおりに登山を終え、二十六日の夜、帰宅したということです」

撮影順序からみると、二人の登山者の後ろ姿を撮ったのは六十八枚目と六十九枚目である。つまり岩永は北穂から涸沢を経て横尾へ下ってきたときに、その写真を撮っている。

「この写真を撮った位置も正確に分かります」

伏見はいって、便箋《びんせん》に横尾の拡大図を描いた。

「涸沢方面から下ってきて、横尾橋を渡ったところに横尾山荘があります。道をへだてた梓川寄りがキャンプ場になっています。黄色のテントの端が写っているのは、そこに張られていたテントが入ったものでしょう。カメラを構えた位置は、横尾山荘から一〇〇メートルほど上高地に寄ったところだと思います。後ろ姿の二人の登山者は、そこから涸沢へ向かって登って行くところでしょう」

「すると、岩永は下りながら、二人の登山者を振り返って撮ったということですね?」

「たぶん、岩永と二人の登山者は横尾山荘の前あたりですれちがったのではないでしょうか」

「岩永はこれから登って行く二人とすれちがってから、振り返って二人をカメラに収めた……」

石丸は、二枚の写真をにらみながら、

「どういうことが考えられますか?」

ときいた。

「もしかしたら、後ろ姿の二人を、あるいは二人のうちの一人が知っている人間だったんじゃないでしょうか」

道原がいった。

「なるほど。それで振り返りざまに、シャッターを二回押した……」

「後ろ姿の二人の一人は、女性でしょうね」

道原はテーブルの上から写真を拾い上げた。赤のザックを背負っているほうはまちがいなく女性だ。二人とも黒っぽい帽子をかぶっている。二人は肩を並べて歩いているが、赤いザックのほうがやや小柄である。二人のウェアはともに紺色で、男性のジャケットの色がやや薄い。山靴は二人とも茶色だ。

「おやじさん」

伏見が低声でいって道原に肩を寄せた。「堀越由希子と同行の男は、八月二十五日に徳沢園に泊まり、二十六日は涸沢ヒュッテに泊まっています」

「そうだったな」

「二人は、横尾を経由して涸沢へ登ったんじゃないでしょうか？」

徳沢から涸沢に登るには二つのルートがある。一つは横尾経由、一つは新村《しんむら》橋を渡ってパノラマコースを登る。だが横尾経由で登る人のほうが圧倒的に多い。

「岩永が二人を撮ったのは、何時ごろかな？」

道原は写真に目を近づけた。天気はいいらしく物の影が黒く写っている。後ろ姿の二人の影は足元に黒く落ちていた。それから推すと昼近くのようである。

「岩永は北穂高小屋を出発した日に帰宅しているんだから、山小屋を早朝に出ているだろうな」

「午前七時に出発したとしたら、午前十一時には横尾に着くことができましたね」

「午前十一時か。……この写真はそのころに撮ったようだな」

「後ろ姿のこの二人は、山小屋に寺尾昌子と署名した堀越由希子と、田口伸夫と偽の氏名を記入した男じゃないでしょうか」

二人は八月二十六日、涸沢ヒュッテに泊まっている。徳沢から涸沢までは、順調に登って四時間あまりだ。横尾を午前十一時ごろ通過したのだとしたら、徳沢を午前十時前に出発し、午後二時すぎに涸沢の山小屋に着いたことになる。

後ろ姿の男女が、堀越由希子と田口伸夫と称する男だったとしたら、どういうことが考えられるか。

単独行の岩永は、北穂への登り下りで風景だけを撮った。横尾に下り着いたところで、顔見知りの人間を見かけた。それは堀越由希子と同行の男だった。二人とも知っていたのではなく、男か女かのどちらかを知っていたように思われる。由希子を知っていたとしたら、彼女が男性と一緒だったので、興味を持って、振り返りざまにシャッターを押した。男性のほうを知っていたとしたら同行者が美しい女性だったので、やはり興味を覚えた、ということだろうか。

道原は石丸に、北穂高の遭難の不審を話した。

「同行の男が行方不明……」

石丸は首を傾げた。

道原は、岩永純平の撮った写真のうち、後ろ姿の二人の登山者を撮った写真を複写させてもらうことにした。

「この写真の女性が堀越由希子だとしたら、岩永純平殺しの事件《ヤマ》にからんでくるでしょうか？」

石丸は瞳を輝かせた。

道原は、堀越由希子の写真を出した。岩永の撮った写真と見比べてみたが、同一人物かどうかの見分けはつかなかった。岩永のは後ろ姿であり、帽子をかぶっており、ザックを背負っている。

山岳救助隊の小室主任を刑事課へ呼んだ。彼に岩永の撮った写真を見せた。

「服装は堀越由希子にそっくりです」

小室はそういうと、遭難者収容の資料を開いた。それには十枚の写真がついていた。遭難者発見現場で救助隊員が撮ったものだ。

堀越由希子の登山装備は、紺色の帽子、同色のジャケットにズボン。茶革の山靴。縦型の赤のザック。

「ザックのかたちもよく似ています」

小室は、現場での写真をテーブルに並べた。

豊科署と練馬署はたがいに情報交換して、捜査をすすめることにした。

12

道原と伏見は、ふたたび東京へ出張した。岩永純平の撮った写真と堀越由希子の写真を携行したのは勿論である。

練馬署に断わって岩永の自宅を訪ねた。そこは最寄り駅から歩いて十二、三分の住宅街にあった。木造二階建ての小ぢんまりした家で、門や塀はなく、道路から直接玄関に入るようになっていた。

小柄な細君が出てきた。

道原は長野県警の者だと名乗って名刺を渡した。

「長野県警のかたが……」

細君は薄い胸に手を当てた。

「奥さんに伺いたいことがありまして、上京しました」

細君は二人の刑事を家に上げた。線香の匂いがただよっていた。

道原と伏見は、岩永に対する悔みを述べたあと、小さな祭壇に焼香《しょうこう》した。遺影の岩永は登山衣姿だった。

「ご主人は山好きだったそうですね？」

道原がきいた。

「はい。毎年雪解け時季になると、山で使う物を出して、どこへいつ登ろうかと計画を立てていました」

「奥さんは山には？」

「結婚した直後に、主人に連れられて二回登ったことがあります」

「どこに登りましたか？」

「二回とも南アルプスで、北岳《きた》と鳳凰《ほうおう》山です。わたしも山を好きになりましたが、子供ができましたので、登れなくなって、それきりです」

彼女は夫の遺影のほうへ視線を振った。

「ご主人は、とんだ目にお遭いになりましたね」

「山からは、かすり傷ひとつ負わずに帰ってきたのに……」

彼女は恨《うら》めしそうな顔をした。

「ご主人は、八月二十四日に出発して、二十六日の夜、帰宅されたそうですね？」

道原は、練馬署の石丸刑事からきいたのだといった。

「はい。計画どおりに帰ってきました」

「山で知り合いの人に会ったという話をしませんでしたか？」

「いいえ。きいていません」

「堀越由希子さんという名前をおききになったことは？」

「堀越さん……。きき覚えはありません」

「堀越さんは結婚していますが、旧姓は水島です」

「さあ……」

道原は堀越由希子の写真を見せた。

「きれいなかたですね」

彼女は写真を手に取ったが、知らない人だと答えた。

「堀越由希子さんは、去る八月二十七日に、北穂高岳へ登る途中で、岩場から転落して亡くなりました。そのことは二十八日の夕刊に載りましたが、ご主人はなにか話しませんでしたか？」

「きいていません」

道原は、岩永が横尾で撮った二枚の写真を出した。石丸刑事が持ってきたのを複写したものである。

「これはご主人が北穂から下山して、横尾というところで撮られたものです」

「はい。何度も見ています」

「ご主人は八月二十六日のたぶん昼近くに横尾に着いた。そこでこの後ろ姿の二人を見かけたので、振り返ってシャッターを切ったのではないかと思います。これは風景を撮ったのでなくて、明らかにこの二人に焦点を絞ったものと思われます。後ろ姿ですが、この二人をよくご覧になってください。見覚えのある人ではありませんか？」

細君は写真の端をあらためて摘《つま》んだ。

「分かりません。わたしの知っている人ではないと思います。左の人は女性ですね」

「女性です。もしかしたら堀越由希子さんかもしれません」

「えっ……」

細君は写真に目を近づけた。「堀越さんというかただとしたら、並んで歩いている男性はどうしたのでしょうか？」

「彼女が男性と二人で登ったのは確実です。ですが男性は行方不明です。彼女の遭難現場から姿を消したように思われます。ですから私たちはその男性をさがしているんです」

「名前は分かっていないのですか？」

「二人とも山小屋に偽名で泊まっていました」

「偽名で……」

細君は半ば口を開けた。男女がなぜ偽名で泊まったのかを考えているようだった。

「ご主人はいつも独りで山に登っていましたか？」

「二人か三人で登ることもありました。おたがいに誘い合って行くようでしたが、友だちの都合がつかないと、単独で登っていました」

「ご主人の山友だちをご存じですか？」

「二人は知っています」

道原はその二人の氏名と連絡先をきいた。一人は同僚で、一人は高校のときの同級生だという。

岩永の二人の山友だちにそれぞれ会った。八月に岩永となぜ一緒に登らなかったのかときくと、二人とも、仕事の都合で日程がとれなかったと答えた。八月の北穂登山は岩永が計画したもので、それぞれを彼が誘ったものらしかった。

道原は二人に、例の写真を見せた。二人とも写真をじっと見ていたが、「誰なのか分からない」とか、「知らない人だと思う」と答えた。

かつて岩永が一緒に登った人ではないかという気がするのだがといったが、二人とも首を横に振った。

道原は、堀越由希子の妹の史恵に会うことを思いついた。

品川区の古いマンションに史恵を訪ねた。二度目の訪問である。この前会ったときよりも彼女の顔の色艶はよかった。

道原は例の二枚の写真を彼女に向けた。

彼女は写真に手を触れずに見ていたが、

「左の人は姉ではないでしょうか」

といった。

「まちがいないですか？」

道原は念を押した。

「たぶん姉だと思います」

姉妹だから、後ろ姿でも、帽子をかぶってザックを背負っていても分かるのだろう。

「並んでいるのは男性です。誰だか分かりますか？」

道原は史恵の表情に注目した。

「分かりません」

彼女は首を横に振った。

「日付は八月二十六日になっていますね」

彼女は写真から目をはなさずにいった。姉の最後の姿だと思っているのだろうか。

「八月二十六日の朝、徳沢園を出発して、涸沢に向かうところです。二人の先に写っているのが横尾橋です。左の人が由希子さんなら、二人はその橋を渡って行ったんです」

史恵は姉を思い出してか、握った拳《こぶし》を口に当てた。

道原たちは、中野区に住む由希子の友人だった女性に会うことにした。その人から由希子の写真を借りたのだった。借りた写真によって、由希子がほぼ週に一回、赤坂のSホテルを利用していたことが判明したのだ。

電話をした。彼女は自宅にいた。道原は、見てもらいたいものがあるといった。

彼女は刑事の到着を待っていた。

道原は、この前借りた写真は役に立ったといった。由希子の写真はもうしばらく借りておくことにした。

「これを見てください」

道原は例の後ろ姿の写真を彼女の前に置いた。

「左の人、由希子じゃないでしょうか」

彼女は史恵と同じことをいった。

「まちがいありませんか？」

「帽子をかぶって、ザックを背負っていますけど、由希子にまちがいないと思います。……日付けは八月二十六日ですね」

「奥上高地の徳沢というところで一泊した次の日です」

「穂高へ登っていくところなんですね」

「並んでいるのは男性ですが、誰なのか分かりますか?」

「誰でしょう?　わたしの知らない人だと思います」

道原は、由希子が毎週のように赤坂のホテルを利用していたことを話さなかった。


例の写真をもう一人に見てもらうことにした。由希子の夫の堀越である。

大同商事の受付の女性は二人の刑事を応接室に通した。

「ご苦労さまです」

堀越は薄茶色のスーツであらわれた。彼には今津美帆という二十五歳の愛人がいる。妻が死亡したのだから、恋人と呼ぶべきか。美帆は一般的な会社員だったが、彼の経済的支援によって着たり身につけたりする物が変わった。給料以上の家賃のマンションに住むようにもなった。

道原は例の二枚の写真をテーブルに置いた。

堀越はすぐに写真に目を伏せたが、その瞬間、顎がわずかに動いたように見えた。

「誰と誰だかお分かりになりますか?」

「後ろ姿ですね」

彼は写真をじっと見たようだったが、首を傾げた。

「左の人は、女性です」

道原は堀越の表情に注目した。

「そのようですね」

「誰ですか?」

「分かりません」

堀越の答えは意外だった。

「奥さんじゃありませんか?」

「そうでしょうか?」

堀越はまた首を曲げた。

「その写真を、奥さんの妹さんと、友だちに見てもらいました。二人とも奥さんだといいました」

「そういわれてみると、家内のようにも見えますが……」

妹と友人が、写真を見てすぐに、由希子だと思うといったのに、夫の堀越の答えは曖昧《あいまい》である。じつは由希子にちがいないと分かっているのにしらを切っているのではないか。

「右に写っているのは男性です。誰だか分かりますか？」

「いえ。知らない男です」

それだけははっきり答えた。

「この写真の日付は八月二十六日になっていますね」

堀越は、あらためて見る目をした。

「奥さんなら、二十五日に徳沢園に泊まり、次の日、涸沢に向かって横尾を通過しようとしているところです」

「この写真は、誰が撮ったのですか？」

「練馬区に住む岩永純平さんという四十三歳の男性です。北穂へ登っての帰りに、その二人連れを見かけて撮ったのだと思います。岩永さんは二十六日の夜、計画どおりの登山を終えて帰宅しましたが、二十九日の深夜、帰宅途中に自宅の近くで、何者かに刃物で刺されて殺されました」

「えっ」

堀越は顔を上げて目をまるくした。

「岩永さんが殺されたので、その写真が問題になったわけです。彼は八月二十四日から二十六日までの山行で七十二枚の写真を撮っていましたが、その二枚以外はすべて風景です。その二枚は明らかに二人連れを意識して撮ったものと思われます。彼はその二人か、二人のうちのどちらかを知っていたのではないかと私たちはみているんです」

「後ろ姿を撮ってもしようがないのに……」

堀越はつぶやいた。

「後ろ姿でも、知っている人が見れば分かると思って、シャッターを切ったんじゃないでしょうか？」

「知っている者を見かけたからといって、なぜ撮ったのでしょうね？」

「興味を持ったからではないでしょうか。……たとえば岩永さんが奥さんを知っていたとします。奥さんが男性と山に登っていた。だから興味を持ったんです」

「同行者は夫だと思うかもしれませんよ」

「岩永さんは、奥さんの夫、つまりあなたを知っていた。ですから二人を見かけた瞬間に、夫婦ではないと感じとったということも考えられます。あなたは、岩永純平さんという名に覚えはありませんか？」

「ありません」

堀越は怒ったような返事をした。

「左の人は、奥さんではありませんか？」

道原は念を押した。

「似ているように見えますが、他人のようでもあります。帽子をかぶっているし、ザックを背負っている。なにしろ後ろ姿ですから」

断言はできないというのだろう。

「服装もザックのかたちも、奥さんとそっくりです」

「登山装備は誰も似ています」

堀越は、写真の女性を由希子だと認めたくないらしかった。

13

「堀越は写真を見た瞬間、表情を変えましたね」

ビルを出ると伏見がいった。

「一目見て、女性は由希子だと分かったんだろうな」

「彼女が男と一緒に山に登ったのは分かっているんですから、『女性は家内だと思う』といってもいいのに、似ているように見えるとか、曖昧な答えかたをしましたが、それはなぜでしょうね？」

「堀越は写真を見て、男が誰なのかも分かったんじゃないかな。だから、どきりとして、顎が動いたんじゃないかっていう気がするんだ」

「後ろ姿の写真を見て、誰なのか分かったというと、よく知っている男ということになりますよ」

「そうだな。堀越は妻の浮気を知っていたような気がするんだ。堀越には二年ほど前から愛人がいた。由希子にはそれが分かっていた。だから彼女も愛人をつくったわけじゃないだろうけど、彼女と男の関係は少なくとも一年前からだ。一年もつづいていれば、よほど疎《うと》い人でないかぎり、妻に男がいることに気づいていたと思う。どこの誰かまでは分からなかったが、さっき写真を見せられ、あいつだと分かったんじゃないかな」

「知り合いの中で山をやっている男ということになると、ある程度限定されますね」

堀越の口からその男の名をきき出すのは不可能な気がする。道原と伏見はビルの横のベンチに腰かけて、これからの捜査方法を話し合った。

勤めを終えたらしい男女が、ひっきりなしにビルから吐き出されてきた。一段下の歩道はおびただしい人の列だった。

道原は練馬署に電話し、石丸刑事を呼んだ。話したいことがあるというと、石丸は署で待っているといった。

練馬署には岩永純平が殺された事件の捜査本部が設けられていて、聞き込みを終えて帰ってきたらしい男たちが何人も階段を昇っていた。

石丸は会議室へ道原たちを招いた。

道原は、きょう調べたことを一通り話した。

岩永の撮った例の写真を見た由希子の妹と友だちは、写っている女性は由希子にちがいないと思うといったのに、夫だった堀越だけが、「似ているが、他人かもしれない」と曖昧な答えかたをした、と話した。

「妻が男と一緒に山に登ったことは明白なのに、写真の女性をなぜ妻だと認めないのでしょうね？」

石丸はいった。

「あくまで推測ですが、写真を見た瞬間、写っている男が誰なのかが分かったんじゃないでしょうか」

道原がいった。

「道原さんたちは、由希子の同行者が誰かをさがしている。それを堀越は知っているんですから、写真の男は誰それじゃないかと思うと、答えてもよさそうなものですが」

「堀越にはそれをいいたくない理由があるんじゃないでしょうか。妻の浮気相手を明白にすると、不利になるとか」

「不利になる……。というと、由希子の死因や、同行の男の行方不明の理由も知っているということでしょうか？」

「そういうふうにも考えられます」

「堀越を追及するわけにはいかないんですね？」

「まだまだその段階ではありません。なにかを隠しているんじゃないかという、疑いを持っているだけですから」

「道原さんは、岩永の撮った写真の女性は、堀越由希子だと信じていますか？」

石丸はあらためてきいた。

「信じています」

「岩永が、男女を意識して撮ったのは、まぎれもない事実です」

「知っている人間が通りかかった。ですから後ろ姿にカメラを向けた。岩永と男女の二人連れは、どこかで接触したことがあった。見知らぬ二人連れを撮るはずはありません」

道原は、岩永の身辺を独自に調べさせてもらいたいと断わった。

「やってみてください。必要な資料があったらいつでも提供します」

石丸は承諾した。

岩永純平の出身地をきいた。和歌山県田辺《たなべ》市だった。和歌山県南部の田辺湾北岸にあたる水産物加工業が盛んな、木材集散の都市だ。梅林が有名で、ウメの産地としても知られている。

岩永の実家は金物店。両親がはじめた商売で、現在は純平の兄が従事している。岩永は田辺市内の高校を卒えると、東京のN電鉄に就職した。同社の寮に入っていて、勤務しながら夜間、東京のM大学に通って、卒業した。

道原たちは岩永の細君に会いに行った。昨日に次いでである。

きょうも岩永の遺影に焼香した。細君は畳に両手を突いて礼をいった。

「私たちは、きのう見ていただいた写真の男性が誰かを、どうしても割り出さなくてはなりません。それで伺いますが、岩永さんが登山をはじめたのはいつからでしょうか?」

道原は、小柄な細君にきいた。

「東京に出てきてからときいたような気がします」

「就職して、夜間、大学に通っていたということでしたが、そのころに山に登るようになったんですね?」

「そうだと思います」

「いきなり単独で行く人はめったにいません。最初は誰かに案内されたのだと思いますが、そのころの話をおききになったことがありますか?」

「会社の先輩に山の好きな人がいて、その人に連れられて行ったのが最初の登山だときいたような気がします」

「なんという人か、覚えていますか？」

「いいえ」

彼女は細い首を振った。

「ご主人が最初に山に登ったときの写真はありませんか？」

「あるはずです。見せてもらったことがありますから」

彼女は二階へ昇っていった。岩永は二階の部屋を使っていたのだろうか。細君はまだ夫の使っていた物を整理していないような気がする。

細君が古いアルバムを持ってもどってくるまでに十数分かかった。

「すみません。お待たせして。さがしていたものですから」

彼女はやや変色した緑色の表紙のアルバムを刑事のほうへ向けて開いた。

急坂に三人が縦に並んで写っていた。中央で杖《つえ》を突いているのが岩永だった。若い顔である。二十歳ぐらいのときのものだと思うと細君がいった。

同じ三人が写っているのは八枚あった。他の登山者にシャッターを押してもらったようだ。岩永の最初の登山は富士山だということが分かった。

アルバムを見ていて道原は気づいたが、岩永は由希子らしい女性が写っている例の写真の男と一緒に山に登ったことがあるのではないか。そうだとしたら、その男の写真がアルバムにおさまっていそうだ。

「奥さん。ご主人が山で撮った写真を全部見せていただけませんか？」

「はい」

細君はまた二階へ昇っていった。

彼女が抱えてきたアルバムは五冊だった。五冊とも分厚かった。岩永は自分で撮った山の写真だけはきちんと整理していたようだ。写真の下に日付と登山地が小さな字で記入してある。

富士山に登った二人が写っているのが何枚かあった。登ったのは赤岳《あか》と燕《つばくろ》岳だった。その二人は岩永よりもかなり歳が上のようだ。

「この二人が会社の先輩ですね？」

道原は細君にきいた。

「そうだと思います」

アルバムによると岩永は、会社の先輩と一緒に、少なくとも三回は山行をともにしていたようである。

アルバムを四、五ページめくると、きのう会った二人の山友だちが写っているのがあった。二人のうちの一人は大月《おおつき》といって、岩永の同僚だった。大月は岩永と同い歳ぐらいである。

大月とは何回も一緒に登ったらしく、槍ヶ岳、前穂高岳、木曽駒《きそこま》ヶ岳、谷川《たにがわ》岳と、登山地が記入されていた。

ほかの人物が写っているのがあった。それは誰かと細君にきいた。彼女はその人の名を知らなかった。

岩永が男女と一緒に写っているのもあった。その男女の名をきいた。

「山小屋で会って、一緒に登った人たちだと思います」

細君は男女の名を知らなかった。

道原は細君に断わって、彼女の知らない人物が入っている写真をアルバムから抜いた。それは十一枚あった。白馬《しろうま》の大雪渓に立つ若い女性を撮ったものもあった。堀越由紀子ではないかと思ってよく見たが、別人だった。

「誰でしょうか?」

道原はきいた。

「その人も知りません」

細君は首を振った。

14

紐君の知らない人物が入っている写真十一枚を借り、岩永純平が勤務していたN電鉄の本社を訪ねた。そこは渋谷駅の近くにあった。黒っぽい色をした重厚な感じのビルだった。

受付で大月に会いたいと告げた。

十五、六分待つと、ワイシャツ姿のずんぐりしたからだつきの大月則秀《のりひで》がやってきた。所属部署は運輸計画部。岩永純平も同じ部署だった。

「応接室が空《あ》いていませんので、こんなところで申し訳ありません」

大月が案内したのは小会議室だった。壁ぎわにホワイトボードのある殺風景な部屋である。窓にはガラス張りの真新しいビルが映っていた。

大月はペーパーカップのコーヒーをテーブルに置いた。

「岩永君と私は同期入社でした。同じ寮に入って、夜は大学に通いました」

「同じ大学ですか?」

道原がきいた。

「べつべつの大学です」

大月は山形県出身だという。

「岩永さんは、この会社の先輩に案内されて登山をはじめたようですが？」

「そうです。山登りの好きな先輩が二人いて、その人たちと一緒に登っていました。私は大学を卒業してから、岩永君に誘われて山に登るようになりました。岩永君との最初の登山は八ヶ岳でした。私には登山用具がありませんでしたので、岩永君に登山用品店へ連れていってもらい、一通りの装備をそろえました。岩永君は三年ぐらい前から登っていましたので、まるでベテランのように私を引っ張りあげてくれました。初登山で私は顎を出しましたが、彼は急な斜面を三十分も休まずに登り、私は感心したものです。……それから一年おきぐらいに、北アルプスや中央アルプスにも一緒に登りましたが、そのたびに彼の健脚には驚きました。もともと心臓も足も丈夫だったんですね」

「岩永さんは、そのころから単独でも山に行っていましたか？」

「休みの日に、日帰り登山をすることもありましたし、一泊で帰ってくることもありました。山の情報誌を読んでいましたし、同僚のあいだでは、山に取り憑《つ》かれた男といわれていた時期もありました」

「結婚してからは、奥さんを連れて登ったこともあったそうです」

「そういっていました。私は彼より一年あとに結婚し、家内を山登りに誘いましたが、家内は長距離を歩く自信がないといって、一度も登りません」

「あなたは、岩永さん以外の人と登ったことがありますか？」

「岩永君が山で知り合った人を誘って、三人で登ったことが二回あります」

道原は、岩永の細君に借りてきた一一枚の写真を並べた。この中に知っている人がいるかときいたのだ。

大月は写真をじっと見ていたが、三枚を拾いあげた。

「この人と、この人とは、一緒に登りましたのでよく覚えています」

大月は二枚を指差した。

「名前を覚えていますか？」

「高木《たかぎ》さんと、深沢《ふかざわ》さんです。フルネームまでは覚えていません」

「住所を知っていますか？」

高木さんは、箱根《はこね》の古い旅館に勤めているといっていました。住まいも箱根の近くだったと思います。深沢さんはご覧のとおり私たちよりかなり歳が上で、たしか新潟県の三条市で洋食器の製造をしているといっていました」

「高木さんは、あなたや岩永さんと同い歳ぐらいですね？」

「一歳ぐらい上だったと思います」

「写真で見ると深沢さんは五十代のようですが？」

「五十代でした。この写真は七、八年前のものですから、現在は六十代になっているはずです。深沢さんには、山から帰ってきたあと、スプーンのセットを送ってもらいました。ご自分の会社がつくっている物ということでした」

大月はもう一枚の写真を摘んだ。見覚えのある顔だがどこで会ったのか思い出せないといって首を傾げた。

「一緒に山に登った人ではありませんか？」

道原は大月の傾げた顔に注目した。

「この写真を見ると、岩永君とは一緒に登って……。あ、思い出しました。この近くの店で一緒に食事をしたことのある人です。岩永君はこの人と何回か山に登ったんです。たしか愛知県の特殊な洋服生地を織っている会社の社員ということでした。東京へ出張できた折に岩永君を訪ねてきたんです。食事をすることになったといって、その席へ私が誘われたんです。食事をしながら、今度は三人で山に登ろうと話し合ったのを覚えています」

「一緒に登らなかったんですね？」

「計画はたてましたが、どちらかの都合が悪くて、取りやめになったような記憶があります」

「写真を見ると三十代のようですね？」

「私たちと何歳もちがわなかったと思います」

大月はそういって天井に目を向けていたが、その男とは初対面だったので、名刺を交換したような気がするといった。

「その名刺は?」

「会社にあるはずです」

自分のデスクを見てくると大月はいって、小会議室を出ていった。

彼は一枚の名刺を持ってもどってきた。

「浜中《はまなか》さんでした」

大月は名刺を道原の前へ置いた。

「浜中雪夫《ゆきお》　R繊維株式会社　愛知県一宮市《いちのみや》」

となっていた。

伏見が浜中の名刺をノートに控《ひか》えた。

大月はあとの八枚の写真をじっと見ていたが、見覚えのある人はいないと答えた。

きのう会った岩永のもう一人の山友は三田信一《みたしんいち》といって、品川区の電機メーカーの社員だった。三田と岩永は高校時代の同級生である。三田は二十五歳のとき、岩永に誘われて南アルプスに登ったのが初登山だったといっていた。

ひょろりとして長身の三田は、作業服を着て工場を出てきた。彼は二日つづきで会いにきた二人の刑事を、社員食堂へ入れた。

長いテーブルが四列並んでいて、調理場では白い帽子をかぶった男女が三、四人働いていた。

道原は十一枚の写真を三田の前に置いた。

「岩永さんの奥さんから借りてきたものです。さっき大月さんに見てもらって、この三人の名が分かりました。あなたの知っている人はいますか？」

道原は、大月が知っているといった三人の写真を端に寄せた。

三田は上体をテーブルにかたむけた。

「この女性と、この人は覚えています」

彼が指差したのは、白馬の大雪渓に立っている若い女性の写真と、赤黒い岩の上に腰かけている男の写真だった。

「二人の名前を覚えていますか？」

「女性は川島《かわしま》ちづるさんです。結婚して姓は変わっていると思います」

「岩永さんと川島ちづるさんは、どういう知り合いでしたか？」

「川島ちづるさんは、私の知り合いの妹さんでした。山へ登りたいから案内してもらいたいと私が頼まれました。岩永に話すと、彼は承知したので三人で白馬に登りました。川島さんは山小屋で気分が悪くなって、食事もできなくて苦しそうでした。それでよく覚えています。彼女は最初の登山でさんざんな目に遭ったので、それきり山には登らなくなったのだと思います」

三田は何年も前のことを思い出している表情をした。

「この男の人は？」

道原は、岩の上に腰かけている男の写真を指差した。

「たしか鳥海《とりうみ》さんという名でした。岩永が山で怪我をしたとき、助けてもらった人ということでした。彼が怪我をしたのは独身のころでした。鳥海さんは警察官で、住所は八王子市だったと思います。この写真は岩永と三人で槍ヶ岳へ登ったときのものです。鳥海さんは帰りの列車を八王子で降りました。私たちより四、五歳上だったと思います」

「どこの警察署に勤務していたか、覚えていますか？」

「六、七年前のことですが、たしか立川《たちかわ》署にいるときいたような記憶があります」

道原は、きのう大月に見せた写真をもう一度出した。堀越由希子と思われる女性と男が並んで歩いている後ろ姿の写真である。

「この写真で、思い当たる男性はいませんか？」

きのうと同じことをきいた。

「男性も女性も、私の知らない人だと思います」

道原はすべての写真をバッグにおさめた。

「刑事さんは、後ろ姿の写真の男性と女性を、岩永と山に登ったことのある人たちとお思いになっているんですね？」

三田はタバコに火をつけた。

「写真の男女は確実に山をやっています。岩永さんは横尾で二人を見かけたので、カメラを向けたんです。見知らぬ人を二枚も撮るはずはありませんからね」

道原と伏見は堅い椅子を立った。勤務中を邪魔したと、三田に向かって頭を下げた。

15

警視庁立川署に電話した。六、七年前に鳥海という警官が勤めていたはずだが、現在もいるかときいた。

鳥海は現在、調布《ちょうふ》署の生活安全課に勤務していることが分かった。

調布署で鳥海に会った。彼は四十八歳でがっちりした体軀をしていた。メガネを掛けている。例の後ろ姿の写真の男とは体形がまったくちがっていた。

「岩永純平さんを覚えていますか？」

道原がきいた。

「覚えています。この前、新聞を読んでいて殺されたと知って、驚きました。お悔みの電報を打っておきました」

「岩永さんとは何回も山に登っていますか？」

「一回だけです。彼から手紙がきて、北アルプスに登らないかと誘われました。私は毎年二回は登っていましたので、彼の誘いに応じて、彼の友だちと三人で槍に登りました」

「岩永さんとの出会いは、ずっと前だそうですね？」

「それは中央アルプスの空木《うつぎ》岳からの下りでした。単独行の岩永さんは足に怪我をして動けなくなっていました。私たちは三人連れでしたので、彼に肩を貸して山小屋まで運びました。登山者の少ない山でしたから、彼は私たちと出会えたのは幸運でした。夏のことでしたが、雨でも降ったら、彼はどうなったか分かりません。……岩永さんは律義《りちぎ》な人で、怪我が治ってから私のところへ礼にやってきました。そのあと何度も手紙をくれました。彼が事件に遭ったのは、意外です」

「岩永さんの山友だちを知っていますか？」

「槍へ一緒に登った三田さんしか知りません」

無駄だとは思ったが、岩永の撮った後ろ姿の二人連れの写真を見せた。

「横尾ですね」

さすがに山を知っている鳥海はいった。

「見覚えのある人たちではありませんか？」

道原は聞いたが、鳥海は首を横に振った。

調布署の電話を借りて、箱根の旅館に掛けた。高木という名の従業員がいるかを問い合わせしたのだった。

十二軒目の旅館に高木という従業員がいた。岩永純平という男と山に登ったことがあるかときいたところ、「あります」と答えた。

道原たちはあした、高木を箱根の旅館に訪ねることにした。


その旅館は箱根湯本にあった。風格のある木造の古い旅館で、コの字形の建物が庭園を囲んでいた。

高木は四十五歳の小柄な男だった。彼も岩永が殺されたことを知っていた。

「もう七、八年前のことですが、岩永さんとは八ヶ岳の山小屋で知り合いました。夕食のときに話をして、次の日は一緒に登りました」

おたがいに単独行だったという。「私も何年か山をやっていましたが、岩永さんの健脚ぶりには驚きました。ヒマラヤ登山もできるんじゃないかと私は彼にいったものです」

高木は岩永と五回、山行をともにしたという。そのうちの一回は岩永の同僚の大月と一緒だった。

道原は高木を観察したが、後ろ姿の写真の男とはからだつきがちがっていた。後ろ姿の男の身長は一七五センチぐらいはありそうだが、高木の身長はそれよりずっと低かった。

念のため、高木にも例の写真を見せた。

「岩永さんは、なぜこんな写真を撮ったんでしょうか?」

高木は男女の後ろ姿の写真を見ながらいった。

「たぶん二人に興味を持ったんでしょうね。興味を持ったということは、二人か、二人のうちのどちらかを知っていたのだと思います」

高木は、二人が誰かは分からないと答えた。


道原と伏見は、みやげ物店の並ぶ緩い坂を駅に向かって下った。観光客がぞろぞろと歩いていた。二十人ばかりの高齢の団体が、小旗を持った女性のあとについていた。全員が昨夜泊まったホテルでもらった物なのか、同じ柄の紙袋を提げていた。

「おやじさん。例の写真の男は分かるでしょうか?」

伏見がいった。彼の足はいつになく重そうだった。

「かならずさがし当てるという信念を持つことだ。写真に写っているんだから、この世に存在していることはたしかなんだ。男は、堀越由希子の身辺にいたし、岩永純平とは接点のあった人間だ。弱音を吐くな。捜査はまだ途中なんだ」

道原は叱りつけるようにいった。

公衆電話を見つけると、新潟県三条市役所の電話番号をきいた。そこへ掛け、洋食器製造の組合はあるかときくと、商工課につながれた。

洋食器協同組合があった。そこで、深沢という人が経営している会社はあるかと尋ねた。

越山《こしやま》産業の社長が深沢という姓だと教えられた。その会社の所在地と電話番号をきいて控えた。

越山産業で社長の深沢に会うことにした。深沢はかつて岩永と一緒に山に登ったことのある男である。本人に会えば、例の写真の男かどうかが分かるはずだ。

上越新幹線で東京から燕三条《つばめさんじょう》までは二時間あまりだった。

越山産業は信濃川の近くにあって、水田に囲まれていた。二階建ての事務所と平屋の工場があり、駐車場には三十台ぐらい車がとまっていた。従業員の車にちがいなかった。車両の数を見て会社の規模の見当がついた。

「社長は外出中ですが、間もなくもどってまいります」

水色のユニホームの若い女性はいって、刑事を応接室に通した。その部屋の壁には山の写真がパネルになっていくつも飾られていた。一目で穂高と常念岳だと分かる写真があった。すべての写真は朝方か夕方撮影したものだった。

十分もしないうちに社長の深沢があらわれた。岩永のアルバムにあった男だった。歳をきくと六十二だといった。まる顔で、小太りである。身長は一六五センチ程度だろうか。会った瞬間に、例の後ろ姿の写真の男でないことが分かった。

道原は壁のパネルをほめた。

「二十年も前に撮ったのもあります。川や湖とちがって山の容《すがた》は何年経っても変わりません」

社長は目を細めた。

「いまでも登っておられますか？」

「もう五年ばかり登っていません。それまでは年に二回は北アルプスに登っていましたが」

彼は穂高の写真を見上げていった。

岩永のアルバムによると、彼と深沢が登ったのは八年前である。

「岩永さんは、とんだことになりましたね」

深沢はいった。新聞で事件の記事を見てわが目を疑ったという。

「岩永さんとは何回登りましたか？」

「三回です。彼とは横尾山荘で出会いましてね、夜、同じ部屋になったので話しているうちに親しみがわいて、次の日、蝶ヶ岳へ一緒に登りました。そのあと、おたがいに電話し合って日程を決め、上高地で待ち合わせて登りました。三回のうち一回は、岩永さんの同僚のかたと一緒でした」

「大月さんですね？」

「そうでした。岩永さんも写真が好きで、長いレンズを持ってきていました」

「大月さん以外に岩永さんの山友だちにお会いになったことがありますか？」

「たしか二回目のときでした。上高地でばったり会って、五千尺ホテルのレストランで一緒に食事したことがあります。岩永さんと私は下ってきたときでしたが、その人は登っていくところでしたよ」

「名前を覚えていますか？」

「岩永さんから紹介されましたが、忘れました。なにしろ二十分か三十分のあいだ会っただけでしたからね」

岩永の細君に借りてきた写真を出した。

「この人です」

十一枚の中から深沢は一枚を摘みあげた。その男はザックを背負ってハイマツ帯に立っていた。三十代半ばで、背は高そうである。

「食事をしながら、どんな話をなさいましたか？」

「これからどこへ登るというような話をきいたと思いますが、よく覚えていません」

「この人と岩永さんは親しそうでしたか？」

「はい。一緒に登ったことがあるということでしたから、話は弾《はず》んでいたのを覚えています」

「住所とか、勤務先、つまりこの男性の身元のヒントになるようなことを覚えていませんか？」

「思い出せません。スマートでハンサムだったということだけは記憶にあります」

岩永のアルバムによると、彼とこの男が登ったのは燕岳で、それは八年前である。現在は四十三、四歳だろうと思われる。

道原は例の後ろ姿の二人連れの写真を見せた。

深沢は何度も首を曲げた。誰なのか分からないというのだった。

深沢も、なぜ岩永が二人連れの後ろ姿を撮ったのだろうと首を傾げながらいった。

16

残る一人は愛知県一宮市の繊維会社に勤めている浜中という男だ。何年か前浜中は、東京へ出張してきた折に岩永を勤務先に訪ねてきた。岩永に誘われて大月は渋谷で浜中と一緒に食事をしたことがあるということだった。

道原と伏見は、名古屋で新幹線を降り、東海道本線に乗り換えて尾張《おわり》一宮で降りた。

R繊維はすぐに分かった。受付に出てきた若い女性社員に、浜中雪夫に会いたいと告げると、彼女は顔色を変え、

「お待ちください」

といって背中を向けた。

道原と伏見は顔を見合わせた。女性社員の表情の意味は読めなかった。浜中雪夫は退職したということなのか。それなら彼女はそう答えるはずだった。

「こちらへどうぞ」

もどってきた女性社員は応接室へ案内した。

この会社は古いらしく、応接室の調度も年代物だった。

メガネを掛けた痩せた男が名刺を持ってやってきた。肩書きは総務課長となってい

た。

「浜中に会いたいとおっしゃったそうですが？」

総務課長はやや上目遣いになってきいた。

「はい。浜中雪夫さんにです」

道原が答えた。

「じつは……」

総務課長は手を組み合わせた。「浜中は、大変なことになりました」

「大変なこととおっしゃると？」

「もう二週間前になりますが、何者かに襲われて、亡くなりました」

「亡くなった。……襲われたということは、殺されたんですね？」

「そういうことです」

「正確には、何日にですか？」

「襲われたのは、九月二日の夜で、九月四日に亡くなりました」

道原と伏見はメモを取った。

「どういう襲われかたをしたんですか？」

「刃物で背中を何か所か刺されました」

知らなかった。新聞に載ったと思うが気づかなかった。

「浜中さんは、何歳でしたか？」

「四十四でした」

浜中にどういう用事があったのかと、総務課長は低い声できいた。

「浜中さんは登山をしていましたね？」

「山の好きな男で、毎年どこかの山に登っていました」

「以前、浜中さんが一緒に山に登った人の中に、岩永純平さんという人がいました。その岩永さんは、去る八月二十九日の深夜、やはり何者かに刃物で刺され、出血多量で亡くなりました」

「その人も……」

総務課長は口を開けた。

「私たちは管内の山で発生した不審な遭難に事件性を感じて捜査しています」

道原は、堀越由希子の転落死と、彼女の同行者が行方不明になっていることを説明した。

岩永純平を知ったのは、彼が殺害された事件捜査を担当している警視庁練馬署の刑事が豊科署を訪ねてきたからだった。刑事の目的は、岩永が山で撮った二コマの写真の撮影地を知るためだった。その写真は男女の後ろ姿で、女性は堀越由希子に似ている。いや、彼女であるのはほぼまちがいない。彼女の山行には男の同行者がいたことはその前から分かっていた。豊科署はその同行者の男を特定しなくてはならなかった。由希子が転落した原因を男は知っているにちがいないからだ。

岩永が由希子と同行の男を撮ったということは、二人か、もしくはどちらかを知っていたからだろう。

それで岩永のアルバムを見せてもらった。後ろ姿の男女は、彼がかつて一緒に登山をしたことのある人ではないかと思いついたからである。

彼のアルバムには浜中雪夫の写真があった。浜中が後ろ姿の男である可能性が考えられたので、彼に会うためにここへ訪ねてきたのだ。

「浜中さんが襲われた原因に、お心当たりはありますか?」

「まったくありません。彼は高校を出て、この会社に入りました。製造現場からたたきあげ、この約十年間は営業で頑張っていました。一番の趣味は山登りでした。職場恋愛で結婚し、子供が二人います。家庭も円満で、人から恨《うら》まれるような面もない温厚で真面目な男でした。なぜこんなことになったのかが謎です。警察では必死になって調べてくれているようですが、まだ犯人の目星はついていないということです」

「最近の浜中さんに、変わった点はありませんでしたか?」

「いいえ。いつもと同じでした。八月の下旬に松本市へ出張しましたので、帰ってきた彼に、『山を見て、登りたくなったんじゃないのか』といいましたら、十月には登るつもりだといっていました」

「松本には何日間かいたのでしょうか？」

「いいえ、一日です。松本には古くからの取引先があるものですから、そこへ寄って、その日のうちに東京へ移り、東京で一泊して予定どおりに帰ってきました」

「松本へ行ったのは、何日ですか？」

「正確な日を調べてきましょうか？」

「お願いします」

総務課長は応接室を出ていったが、すぐにメモを持ってもどってきた。

浜中が松本市へ出張したのは八月二十七日だった。彼はその日の夕方、列車で東京へ移動したのだという。

道原はその日をノートに控えた。八月二十七日は堀越由希子が転落死した日である。

道原たちはR繊維を出ると、一宮警察署へ寄った。刑事課長に捜査目的を話した。

「浜中雪夫が被害に遭ったのは、九月二日の午後九時ごろと思われます。その日の夜、R繊維では会議がありました。夕食が出て、会議は八時半ごろ終わったということです。浜中は自分の席にもどり、机の上を片づけて、八時四十分ごろ会社を出たようです。会社から彼の自宅までは歩いて二十分以上かかります。朝はバスを利用していますが、歩いて帰ることがたびたびあるということです。自宅へ四、五分のところで、背中を刃物で刺されたんです」

米田《よねだ》という刑事が説明した。

「凶器はどんな物ですか？」

道原がきいた。

「片刃のナイフです」

「何か所も刺されているということですが？」

「三か所です」

「襲われたのは暗がりですか？」

「川沿いの人家の少ない暗がりです。自転車で通りかかった男性が発見して、一一九番通報しました。発見した人は交通事故に遭ったものと思ったそうです」

「背中を三か所刺されている。……怨恨《えんこん》でしょうか？」

「それも考えられますが、いまのところ被害者が人に恨まれていたという情報はありません。女性関係や金銭のトラブルについても調べていますが、素行についての悪い風評もありません。賭事をする人間でもありませんし、家庭の経済も安定しているようです。趣味といえば登山ぐらいで、同僚や近所の人たちからも好かれていました。人ちがいされて刺されたんじゃないかという人がいるくらいです」

「物盗《と》りの犯行ということは？」

「財布やカードはポケットに入っていました。盗られた物はないようです」

「被害者は、秘密を扱うような仕事ではありませんね」

「得意先まわりを担当していただけです」

道原は、岩永純平の事件を話した。岩永も夜間、ナイフで刺されて殺された。二人の共通点は、山登りが趣味ということだ。

五十歳ぐらいの米田刑事は、道原の話を熱心にメモした。道原は、刑事課長と米田刑事に、浜中の家族に会うことを断わった。

17

米田刑事の描いてくれた地図にしたがって、浜中雪夫の自宅を訪ねた。

そこは木造二階建ての小ぢんまりした住宅だった。玄関の前に、鉢植えの花がいくつも並んでいた。

細君が出てきた。四十歳ぐらいだろうが、痩せて疲れきったような顔をしていた。

「長野県の刑事さんが……」

道原の渡した名刺を見て彼女はいった。

「ご主人は、とんだことに」

道原と伏見は悔みを述べた。

「せまいところですが、どうぞお上がりください」

細君は腰を低くした。

子供が二人いるということだが、学校へ行っているのだろう。

道原たちは、白い布を敷いた祭壇に焼香した。遺影の浜中は、ネクタイを締めて微笑していた。

座敷で細君と向かい合った。

東京の岩永純平を知っているか、と道原はきいた。

「主人と山へ登ったことのあるかたではありませんか?」

細君は夫から話をきいたことがあり、名前だけは覚えているといった。

道原は低い声で、岩永の事件を話した。

「そのかたも……」

細君は胸で手を組み合わせた。

「岩永さんのアルバムに浜中さんの写真がおさまっていました。それで浜中さんに岩永さんのことを伺うつもりで会社を訪ねました。ご不幸な目にお遭いになったときいて、びっくりしました」

一宮署に寄って、浜中の事件の概要をきいてきたことも話した。

「主人は家庭思いでしたし、人から恨まれるようなことをする人ではありませんでした」

細君は涙をためた。

「最近の浜中さんに、なにか変わったところはありませんでしたか？」

「一宮署の刑事さんから何度もきかれましたが、思い当たりません。いつもと少しも変わりませんでした」

細君は涙を拭いた。

「去る八月二十七日は、松本市へ出張なさったそうですね？」

「松本と東京へ出張して、二十八日に帰ってきました」

「出張先でなにかあったようなことはいっていませんでしたか？」

「お得意先をまわっただけで、なにも……」

彼女はハンカチを握っていったが、「思い出しました。松本から東京へ向かう列車の中で、以前山へ一緒に登ったことのある人にばったり会ったといっていました」

「それは、八月二十七日ですね？」

「はい。二十七日の夕方の列車だといっていました」

道原はノートをめくった。もしかしたら浜中が列車の中で会ったのは、岩永純平ではないかと思ったからだ。だが岩永は、八月二十四日に山行に出発し、その日は横尾山荘に泊まった。翌二十五日は北穂へ登り、北穂高小屋に宿泊。二十六日に下山の途につき、横尾、上高地を経て、同日の夜、帰宅していた。このことは岩永の細君にもきいて確認ずみである。

「浜中さんは、列車内で出会った人の名前をいいましたか？」

「名前はいわなかったと思います」

「以前、山へ一緒に登った人といったのは、たしかですね？」

「そういっていました」

「その人と同じ列車に乗り合わせたのですから、会話をしたでしょうね？」

「二言三言、話しただけといっていました」

「偶然に会った人は、どんな服装をしていたのかおききになりましたか？」

「登山の帰りだったそうです」

「男性ですか？」

「男のかただといっていました」

堀越由希子は、八月二十六日、前夜男性とともに宿泊した徳沢園を発った。横尾経由で涸沢に登ったようだ。岩永の撮った写真から、彼女が横尾を経由して登ったことはほぼまちがいなかろう。その日は涸沢ヒュッテに泊まって、二十七日に北穂へ向かって登った。が、途中のクサリ場で転落して死亡した。同行の男性はその場から姿を消したものと思われる。男性はすぐに下山したのではないか。

もしかしたら、松本から東京へ向かう列車の中で浜中が会ったのは、由希子の同行者の男性ではなかったかと道原は想像した。

由希子が転落したのは、八月二十七日の午前十時ごろと推定されている。同行の男はすぐにその場をはなれ、下山をはじめた。松本駅に着くのは夕方になる。列車に乗ったら、かつて一緒に山に登ったことのある浜中がいた。双方は、「偶然ですね」とでもいって挨拶をかわした。かつて一緒に山をやった仲であり、一方が登山の帰りなら、どこへ登ってきたのかと浜中はきいたはずだ。だが、浜中が細君に話したところによると、車中でばったり会った二人は、二言三言話しただけだったという。浜中は山好きだから、山から下ってきた男の話をききたかったのだが、男のほうは会話をしたがらず、彼を避けるように列車内を移動したのではないか。

「奥さん。浜中さんが山で撮った写真はありますか？」

道原がきいた。

「アルバムがあります」

それを見せてもらうことにした。

浜中の写真の整理は、岩永ほど几帳面でなかった。二センチばかりの厚さのアルバムに山の写真が並べて貼ってあるだけで、山の名も撮影年月日も入っていなかった。

アルバムは三冊あった。浜中には山友が少なかったとみえて、人物を撮っているのは十枚ほどだった。

「この人は……」

伏見が横から一枚を指差した。背のすらりとした男が、片足を岩にのせて頰笑《ほほえ》んでいる。岩永のアルバムにあった男で、三条市の深沢が上高地の五千尺ホテルのレストランで一緒に食事をしたことがあるといった人である。その男のことを深沢は、『スマートでハンサムだった』といっていた。彼は、その男の名を思い出さなかった。

「この人をご存じですか？」

道原は浜中の細君にきいた。

「知りません。岩永さんと登ったとき、その人も一緒だったということしか」

次のページにも同じ男の写真があった。横顔である。黒に黄色のコンビのザックを背負っている。

「似ているような気がするな」

道原は伏見に低声でいった。

「ぼくもそう思いました」

似ているというのは、例の後ろ姿の写真の男のことである。後ろ姿であるから人相は分からないが、からだつきが似ているのだ。由希子と思われる女性と並んでいる男のザックは紺色だが、何年も使って買い換えたことも考えられる。

道原は、例の後ろ姿の二人連れの写真を細君に見せ、誰だか分かるかときいた。

細君は手に取って目を近づけたが、首を横に振った。二人とも知らない人だという表情をした。

背のすらりとした男の写真を二枚とも借りることにした。

道原たちはもう一度、浜中の遺影に線香を供《そな》えた。浜中は黒い枠《わく》の中で笑っているが、道原には、「無念だ」といっているように見えた。

「奥さん。気をしっかり持って、おからだに気をつけてください」

道原は振り向いていった。

「はい」

彼女はうなずいたが、両手で顔をおおった。

外へ出ると雨が降っていた。

「傘を……」

細君がいった。

「折りたたみを持っていますから」

道原と伏見は、バッグから黒い傘を出した。

18

東海道新幹線を掛川《かけがわ》で在来線に乗り替えた。金谷から大井川鉄道に乗った。車両は旧式で懐しい気がした。千頭で降りた。大井川は白い洲を縫《ぬ》うように幾筋かに岐《わか》れて流れていた。流れは青かった。丘陵の緑のうねりは茶畑だった。

地元の人に道をききながら、三十分ぐらい歩いて、堀越由希子の実家である水島家へ着くことができた。その家の裏側はスギの林だった。庭は広いが母屋は平屋で小さかった。庭にはニワトリ小屋があって、闖入者《ちんにゅうしゃ》の姿を見たからかココ、ココ、と鳴いた。長い綱につながれている茶色の犬がさかんに吠えた。

白髪頭の女性が出てきた。その人の顔を見て、由希子の母親だと分かった。犬が鳴きやんで尾を振った。

「堀越由希子さんのお母さんですね？」

道原がいうと、女性は怪訝な顔をしてちょこんと頭を下げた。

道原は名乗った。由希子の遭難地の所轄署の者だといったのである。

母親は庭を横切って、父親を呼んできた。

父親は瘦せていて、わりに長身だった。由希子の妹の史恵は父親似ということが分かった。

　母親が縁側に座布団を置いて、お茶を出した。

　犬が腹這って舌を出した。林を抜けてくる風が涼しかった。

「由希子さんは、男性と山に登りましたが、その男性の行方は不明です。由希子さんの遭難の原因を知るために、私たちは男性が誰だったかをさがしています」

　夫婦は俯《うつむ》きかげんになって黙っていた。

「ある登山者が、梓川上流の横尾というところでこの写真を撮っていました」

　道原は例の後ろ姿の写真を二枚、父親に手渡した。母親がそれをのぞいた。

「左は由希子ですね」

　父親がいった。母親はうなずいた。

「まちがいなく由希子さんですか?」

「由希子です。娘ですから後ろ姿でも分かります」

　父親は写真を食い入るように見て、力強くいった。

　道原はこの言葉をききたかったのだ。ここを訪ねた甲斐《かい》があった。

　念のために右の男が誰だか分かるかときいた。両親は知らない人だと答えた。

　同じ写真を見た由希子の妹も友だちも、由希子にまちがいないといった。それなのに夫の堀越だけが、曖昧な答えかたをした。彼は写真の女性を妻だと認めたくないようだったが、どうしてなのか。妻が男と一緒に山に登ったからだろうか。その前に妻はほぼ毎週、男と都内のホテルで会っていたからか。道原たちは調べて、由希子の不倫を知ったのだったが、堀越はすでに勘づいていたことも考えられる。勘づいていたとしたら、彼女が山に登るといったとき、もしかしたら男と登るのではないかと疑ったのではないか。疑ったが彼女の山行をやめさせなかった。自分にも今津美帆という愛人がいたから、妻の行動に制限を加えなかったということなのだろうか。

道原と伏見は、静岡で東京行きの東海道新幹線に乗り替えた。あちこちに空席があり、二人は並んですわることができた。

通路をしょっちゅう人が行き来した。洗面所へ行ったり、電話を掛けるために座席をはなれる人たちのようだった。

浜中雪夫は去る八月二十七日の夕方、仕事のために松本から東京へ向かう中央本線の列車に乗った。その車中で、登山装備をした男に会った。その男とはかつて一緒に山に登ったことがあった。二人が車中でばったり会ったのは、列車に乗り込んですぐだったのではないか。自由席があいていれば、「よう。しばらくだね」とでもいい合ったあと、並んですわりそうなものである。ところが偶然に会った二人は、二言三言、言葉をかわしただけで、はなれた席か、べつの車両に移動したということだった。浜中が会った男はザックを背負っていたにちがいない。その服装を見た浜中には、山行の帰りということがすぐに分かった。普通なら浜中はその男に、「どこへ登ってきたのか」とか、「何日間の日程だったのか」とか、「山はどうだった」などときき、相手は彼の質問に応えて、山のようすを話したはずである。それだと、二言三言、言葉をかわしたことにはならない。座席があいていれば、並んですわり、山の話をあれこれ話し合ったはずだ。浜中も秋には登る計画があったのだから、それを話しただろう。

道原は、二人が車内で出会ったときのようすをこんなふうに想像した。

——浜中は列車に乗り込んだ。空席をさがしていた。指定席を買っていれば、そこへ向かおうとしていた。と、反対側から登山装備の男がやってきた。見るとそれはかつて一緒に山に登ったことのある男だった。「やぁ、しばらく」浜中は声をかけた。男は、「どうも」といった。「山の帰りなんだね？」浜中はいった。「ええ」男はそう返事しただけで浜中とすれちがうと、べつの車両のほうへ消えてしまった。それはまるで、まずいところで知った男に出会ってしまったというふうに、逃げるように立ち去った。浜中は男の背中を振り返り、誰か連れでもいるのだろうかと、首を傾げた——。

道原は思いつき、列車のデッキから一宮市の浜中家へ電話を掛けた。昼間会った細君が応じた。

「去る八月二十七日に、ご主人からご自宅に電話がありましたか?」

「高校生の娘の携帯にメールがありました」

「それは何時ごろでしたか?」

「夜です」

細君は答えてから、電話を代わりましょうか、といった。

娘に代わった。彼女は、「こんにちは」といった。

「八月二十七日に、お父さんからメールが入ったそうですね?」

「入りました」

「それは何時ごろだったか、覚えていますか?」

「父からの最後のメールでしたので、残してあります」

「それを見てくれますか」

彼女は少し待ってください、といった。彼女は高校三年生ということだった。道原は自分の娘の比呂子《ひろこ》の顔を思い浮かべた。

「お待たせしました。父からのメールは、八月二十七日の十九時四十六分になっています」

「どんな内容ですか?」

「読みます。……『いま、松本から新宿に向かう列車の中で、甲府を過ぎたところです。今夜は東京で泊まって、あす、東京で仕事をし、夕方、会社に寄って帰ります。お母さんにそう伝えてください』です」

「ありがとう。お母さんをはげまして、元気でいてくださいね」

娘は、「さようなら」といった。

座席にもどると、いまの娘との会話を伏見に話した。

伏見は小型の時刻表をバッグから取り出した。

「甲府を十九時四十分に出る特急があります。その列車の松本発は十八時三十一分です」

「浜中はその特急に乗って、甲府をすぎたところで娘の携帯にメールを送ったんだな」

道原はノートの前のほうをめくった。

堀越由希子の死亡日が書いてある。彼女は八月二十七日の午前十時ごろ北穂南稜のクサリ場から転落した。おそらく即死だったにちがいない。

同行の男は彼女の転落に気づいただろう。目《ま》の当たりに見たかもしれない。いや、彼女を突き落としたことも考えられる。

彼女が転落すると、男はすぐにその場をはなれた。下ったのだ。横尾まで約三時間。横尾から上高地まで約三時間。上高地から松本駅までは、タクシーを使ったとしても一時間あまりを要する。バスと電車だと約二時間だ。松本駅に着くのが午後六時ごろになる。

「浜中が乗った特急の発車時刻は十八時三十一分か。符合するところがあるな」

道原はいいながらノートにメモを取った。

「浜中は、由希子の同行者だった男と、新宿行きの列車内でばったり会ったんじゃないかというんですね?」

「その可能性がある。そのために浜中は殺された……」

道原は低い声でいった。

「そう考えると、岩永純平についても同じことがいえますね」

「そうだ。岩永は八月二十六日の日中、北穂から下ってきて横尾に着いたところで、一組のカップルに出会った。女のほうは由希子だ。おれが考えるには岩永は由希子を知らなかったと思う。彼女の同行者を知っていたんだ。その男とは以前山行をともにしたことがあった。岩永は男と挨拶をかわしたかどうかは分からない。ちらりと見ただけだったかもしれないが、岩永にはそれが誰だったかが分かった。男のほうも一目見て岩永だと分かった。岩永のほうは男が女連れだったんで、通りすぎたカップルにカメラを向けて撮った。由希子の同行者の男は、まずい人間に会ったと思った。会った瞬間に、まずい人間に見られたと思ったとしたら、彼女はあやまって転落したんじゃない。同行者に殺《や》られたんだ。男は彼女を殺す計画で一緒に登ったんだ。岩永は由希子の同行者に偶然会ったために、後日殺害された……」

伏見は道原の話にうなずきながら、ノートにペンを走らせた。

新幹線は新横浜をすぎた。間もなく、終点の東京に近づいたというアナウンスがあった。眠っていた乗客が目を開けた。立ち上がって網棚の荷物を下ろす人たちがいて、車内はざわつきはじめた。

19

翌日、大同商事に堀越和良を訪ねた。

これまでと同様、受付係が電話を掛け、応接室に通された。痩身の女性がお茶を持ってきて、

「ただいま社長は会議中ですが、間もなく終わりますので、お待ちください」

と、無表情でいった。

「あなたは社長の秘書をつとめておいでですね？」

道原はきいた。

「はい」

彼女は丸盆を胸に当てた。

「お名前は？」

「片岡《かたおか》と申します」

刑事になぜ名をきかれるのかという顔をして答えた。

「たびたびお邪魔をするものですから」

道原は笑顔をつくった。

堀越は十数分してあらわれた。珍しいことにネクタイが曲がっていた。

「お待たせして申し訳ありません」

彼はいったが、頬が強張っていた。

「何度も同じことを伺いますが、もう一度この写真を見てください」

道原は、例の後ろ姿の男女の写真を堀越に向けた。きょうはどう答えるかに関心があった。

「左の女性をあらためてご覧になって、誰だと思いますか？」

「刑事さんは先日、家内ではないかとおっしゃいました。たしかに似ているようにも見えますが、私には別人のように思えます」

「私たちはきのう、奥大井の奥さんの実家へ行ってきました。ご両親に会って、これを見てもらいました。ご両親は一目見て、由希子さんだといいました。『娘ですから後ろ姿でも分かります』とおっしゃいました。その前に妹さんも友だちも、由希子さんだといっているのに、夫のあなただけが別人のようだとおっしゃる。……じつは一目見ただけで、奥さんと分かったんじゃありませんか？」

「いいえ」

堀越は機嫌《きげん》をそこねたような答えかたをした。

「右に写っている男性が誰なのか、お分かりになりますか？」

「分かりません。知らない人間だと思います」

道原は、岩永純平と浜中雪夫のアルバムに収まっていたスマートな体軀の男の写真を出して見せた。一枚は正面、一枚は横顔である。後ろ姿の男によく似ているのだ。

「知らない男です」

堀越はわずかに首を振ったが、その顔色は蒼ざめていた。いままで見せたことのない表情だった。

その表情を盗み見て、道原は手応えを感じた。

「後ろ姿の写真を撮ったのは岩永純平さんといって、八月二十九日の深夜、殺されたことはこの前お話ししました。岩永さんは何人かと山に登っていましたが、そのうちの一人に浜中雪夫さんという人がいました。愛知県一宮市の人です。その人は九月二日の夜、岩永さんと同じように刃物で刺され、二日後に亡くなりました。……私たちは岩永さん殺しと浜中さん殺しは、同一人物の犯行とにらんでいます」

堀越は無言で首を曲げた。顔色は蒼ざめたままだった。

「いまおっしゃった事件と、家内の遭難とは関係がないのではありませんか」

堀越は伏し目がちになっていった。

「奥さんと同行者を山で撮った人が、下山して何日も経たないうちに殺されている。そのことが私たちには、奥さんの遭難と無関係と思えないんです」

堀越は眉間に皺を立てた。首は曲がったままだった。


道原と伏見は大同商事の入っているビルを出ると、ベンチに腰かけた。

「男の写真を見たときの堀越の表情を見たか？」

道原はきいた。

「見ました。写真を見た瞬間、どきっとしたような顔をしましたね」

「あれは、男を知っている顔だ。堀越には、由希子の同行者が誰なのか分かっているんだ。岩永の撮った後ろ姿の写真を見たときに、それが分かったんだと思う。その前に堀越は、由希子が関係を持っていた男をすでに知っていたとも考えられる。後ろ姿の写真を見て、やっぱりか、と思ったんじゃないかな」

「知っていながら、知らない男だといいつづけているのは、どうしてでしょうか？」

「そこなんだ、疑問は。彼には女房の浮気相手が誰なのかいえない事情があるような気がする。彼は重大なことを隠している」

「そうだ、おやじさん。スマートでハンサムな男の写真を、赤坂のSホテルの従業員に見せてみましょう」

「そうだな。なんて答えるか」

Sホテルは、堀越由希子がほぼ毎週のように使っていたところだ。彼女は平日の日中の二、三時間、そこの客室で男と会っていたことはまちがいない。

Sホテルは森のような緑の木立ちを背負っていた。広い駐車場には三、四台しか車がとまっていなかった。回転ドアを入った。ロビーには人影が少なかった。コーヒーラウンジには客が二組いるだけだ。有名ホテルだが、日中は利用者が少ないようである。

フロントには四人の男女が立っていて、一斉《いっせい》に、

「いらっしゃいませ」といった。

この前会った男の従業員が頭を下げ、二人の刑事を応接室へ招いた。

道原は登山姿の男の写真を見せた。

濃いグレーのスーツを着た従業員は、写真を手に取ってじっと見てから、

「何回かお見かけしたかたです」

といった。

「見かけたのは、昼ですか、夜ですか？」

「日中だったと思います」

「どこで見ましたか？」

「ラウンジでした」

「連れがいましたか？」

「いつもお独りのようでした」

「ラウンジにいたのは、この女性がきた日ではありませんか？」

道原は由希子の写真を見せた。

従業員は、それは覚えていないと答えた。

しかし、男の写真を見てもらった効果はあった。ホテルマンというのは客の名前や顔を覚えるのが仕事だ。男の顔に記憶があるということは、その男を何度も見たことがあったからだろう。

由希子はほぼ毎週のようにこのホテルを電話で予約し、自らチェックインした。利用した客室はダブルタイプだった。二人で利用するからだったにちがいない。フロント係は、日中、写真の男を見た覚えがあるという。男はラウンジでコーヒーでも飲みながら、由希子の到着を待つのが習慣になっていたのではないか。由希子は客室に入ると、ラウンジにいる男に電話を掛け、何号室だと告げる。それを受けると男は彼女のいる部屋へ行った、ということではないか。彼女は人妻だった。男と一緒にエレベーターに乗る姿を人に見られないように注意を払っていたのだろう。

岩永純平は、からだつきのスマートな男と八年前に燕岳に登っている。燕岳の近くには山小屋が一軒ある。燕山荘《えんざんそう》という大きな山小屋だ。岩永と男はそこに泊まったことが考えられた。

本署に連絡し、燕山荘に八年前の宿泊カードが保存してあるかを問い合わせてもらった。

その回答はすぐにあり、宿泊カードは三年前までのものしか保存していないといわれたという。

八年前のものが保存してあれば、岩永と一緒に登った男が誰なのか分かったかもしれなかった。

道原は四賀課長に電話し、堀越和良の幼少のころからの道のりを克明に調べてみたいと進言した。

「なぜだね？」

「堀越は重大なことを隠しているような気がしますし、私がかつて出会ったことのないタイプの男です」

「変わり者かね？」

「現在は商事会社の社長ですが、背景にはどこか暗い影を感じます。……例の後ろ姿の写真を見た人が、いずれも由希子だといっているのに、彼だけが別人のような気がするといっています。妻だと答えたくない事情があるにちがいありません。由希子の同行者と思われる男の写真を見たときは、明らかに顔つきを変えました。彼は彼女の同行者が誰なのかを知っていたように思われます。なにかを隠しているのは事実でしょうが、それを追及する材料がありません」

それで、経歴や取り巻きを徹底的に洗ってみたいのだといった。

「臭い男というわけか」

「もしかしたら、由希子の遭難の原因を知っているのかもしれません」

「伝さんが臭いとみたんなら、やってみてくれ」

課長は、慎重に調べるようにといった。

20

まず堀越和良の公簿を当たった。本籍地は世田谷区になっているが、出生地は奈良県山辺《やまべ》郡だった。地図で見ると県の北東部の山村のようだった。

道原は大同商事に電話し、社長秘書の片岡を呼んだ。同社を訪問するたびに応接室へお茶を運んでくる瘦身の女性である。

「たびたびお邪魔している豊科署の道原です」

「はあ」

彼女の声は低くなった。

「この電話は社長にきこえますか？」

「いいえ。ただいま社長は外出中です」

「社長に内緒で、あなたに伺いたいことがあります」

「どんなことでしょうか？」

秘書であるから軽がるとは喋《しゃべ》れないといっているようだった。

「社長の経歴を詳しく知りたいが、あなたは知っていますか？」

「社外に出すために作った経歴書ならございますが」

「それで結構です。あなたの勤務が終わるのは何時ですか?」

「六時半です」

「そのあとに会ってください。どこがいいですか?」

彼女はしばらく考えているようだったが、新宿駅西口に近い地下の喫茶店を指定した。

その喫茶店なら前に入ったことがある。静かな雰囲気の店だった。彼女は、午後六時四十五分には着けるといった。

片岡は約束の時間かっきりにあらわれた。黒い丸首シャツの上に白のジャケットを着、水色のスカートを穿いていた。細い顔だが、目が大きく、鼻筋がとおっている。三十半ばといったところだろうか。

彼女は口もとを引き締めて、二人の刑事の正面に腰を下ろすと、ベージュ色のやや大きめのバッグから書類を取り出した。

それは大同商事株式会社の経歴書だった。沿革によると、堀越商店を十四年前に法人に改組したとなっていた。創業者は堀越和良である。末尾に代表者堀越の略歴が載っていた。

[奈良県出身。県立高校卒業。東京の私立明教大学経済学部卒業。日化物産株式会社

勤務の後、堀越商店創業」

「日化物産というのは、東京ですか？」

道原は片岡の細い顔にきいた。

「伺ったことがありませんので、知りません」

「あなたは大同商事に何年勤めていますか？」

「六年になります」

「初めから社長の秘書ですか？」

「一年間は総務課にいましたが、前任者が退職することになりましたので、わたしが……」

「社長は出身地の思い出などを、あなたに話すことがありますか？」

「一度もありません」

「社長は個人的なことを話す人ですか？」

「まったくというくらいお話しにならない人です」

「では、この前、山で亡くなった奥さんとは再婚だったことは、知らなかったんですね？」

「総務課にいるとき、同僚からききました」

「前の奥さんと離婚した理由を知っていますか？」

「いいえ。社員も知らないと思います」

「社長秘書はあなただけですか？」

「はい」

「奥さんの遭難について、なにかきいていますか？」

「岩場で転落してお亡くなりになったと伺っただけです。わたしがお悔みをいいましたら、『こんなことになるのなら、山へ行かせるんじゃなかった』と、悔しそうにいっただけでした」

「奥さんのお葬式に、あなたは行きましたか？」

「はい。仕事がありますので、お焼香をしてすぐに会社にもどりましたが」

「親戚のかたは見えていましたか？」

「奥さまのご両親や妹さんご夫婦がおいでになっていたようですが、社長のご親戚のかたについては分かりません」

「社長は奥さんを亡くされて、力を落としていることでしょうね？」

「そうだと思います。お葬式のあと一週間ばかり、どこにも出かけず社長室にこもっていました。お気の毒で、わたしはなんと言葉をかけたらよいのか困っていました」

「最近は元気になられましたか？」

「以前よりは元気がないように見えます」

「会社には、社長の個人的なことに通じている人がいますか？」

「いないと思います。社員の誰に対しても個人的なことを話す人ではありませんので」

「友人の多い人ですか？」

「少ないと思います」

「あなたは社長の友人を知っていますか？」

「知りません」

道原は、大同商事の業績をきいた。今期は赤字だろうといわれている、と彼女は小さな声で答えた。

堀越には娘が二人いる。娘とは交流がありそうかときいた。片岡は見たことがないという。彼は娘を会社に招いたことがないのだろうか。

堀越の先妻の現住所が分かった。先妻は公子《きみこ》といって、彼と同じ歳だった。離婚は七年前である。彼女は旧姓の石戸《いしど》にもどしていた。

彼女は杉並区のマンションに住んでいた。

インターホンを押すと、喉《のど》を痛めているような女性の声が応えた。

石戸公子は前からそうなのか痩せていた。目が細く、顎が尖《とが》っている。

「長野県の刑事さん……」

彼女は立ったまま道原の渡した名刺を読んだ。

「堀越由希子さんのことを調べています」

「ああ、山で遭難したという……」

「ご存じでしたか」

「新聞で見ました。住所が世田谷区になっていましたので、堀越が再婚した人だなと思いました」

彼女は、二人の刑事を部屋に上げた。ソファがあった。そこに猫がいて、あくびをした。

「堀越の奥さんは、山で遭難したのに、なにかお疑いの点でもあるのですか？」

彼女は細い手を膝《ひざ》に置いてきいた。

「由希子さんには同行者が一人いましたが、その人の行方が分からないんです」

「どういうことでしょうか？」

「彼女の遭難現場から立ち去ったものとみられます」

「由希子さんという人が転落したのにですか？」

「同行者は、由希子さんがどうして転落したのかを知っているはずです。ですから私たちはその人をさがし出さなくてはなりません。……堀越さんには捜査の協力を得るために何度も会いました。ですが堀越さんは捜査に協力的ではありません。それで、なにかを隠しているんじゃないかと疑うようになり、彼の身辺を調べることにしました」

公子はうなずいた。知っていることは話すから、なんでも質問してもらいたいという顔になり、細い目は少し吊り上がったように見えた。

「あなたと堀越さんの、離婚の原因を伺っていいですか？」

「彼の女癖の悪さです。……わたしたちが結婚したのは、ともに二十七のときでした。当時彼は、神田のネジをつくる商店に勤めていました。真面目に働く人のようでしたが、結婚して三年ぐらい経ったころから、たびたびお酒を飲んで夜遅く帰ってくるようになりました。二番目の娘が生まれた直後でしたから、わたしは働くわけにはいきません。外でお酒を飲めばお金がかかるので、お酒が好きなら家で飲むようにと、わたしはいいました。……彼は家では飲まないのです。外で飲むのは、バーのようなところに好きな女性がいるからだと、わたしは気がつきました。外で飲んでくるたびに香水の匂いをつけてきました。……わたしは黙っていられなくて、文句をいうようになりました」

――堀越は給料をそっくり公子に渡さなかった。自分の小遣いを引いて渡すのだった。したがって彼の給料がいくらなのか、彼女は知らなかった。彼が彼女に渡すのは、切りつめた生活ぎりぎりの金額だった。

彼女のいう文句が効いたのか、好きな女性と別れたのか、彼は半年ぐらいすると外で飲んでこなくなった。

しかし、一年も経つと、また酒の臭いをさせて夜遅く帰宅するようになった。

結婚してから六年間ぐらいは、六畳と四畳半のアパート暮らしだった。ある日彼は突然、『もう少し広いところに引っ越ししよう』といった。

家賃を払っていけるのかと彼女がいうと、『それは大丈夫だ』と彼はいい、毎月渡してくれる金額を増額した。

彼が見つけてきたのは、中野区内の古いマンションで、三部屋あった。そこへ転居してからも、彼は週に一、二回、深夜に帰宅した。帰宅しても二人の子供の寝顔を見るわけでもなく、疲れきったように、いびきをかいて眠るのだった。

公子は、彼の洋服についている長い毛を見つけた。女性の毛髪にちがいなかった。それ以来注意していると、長い毛をつけて帰ってくることがたびたびあった。彼はバーのようなところで飲んでくるのでなく、女性の住まいに寄ってくるのだと気づいた。

公子はそれを指摘した。彼はのらりくらりといい訳をした。

『女とは別れて。ほかの女と寝てくるような人と、わたしは一緒に暮らしていられないわ』

公子が髪を逆立てていうと、堀越は彼女をにらみつけた。それまで彼が見せたことのない顔で、彼女は射すくめられた。女房が憎いというよりも、殺気だっているような目をしたのだった。

彼は職を替えた。それを公子には相談せず、『会社を辞《や》めた』といっただけだった。次の勤務先はすぐに見つけてきた。公子がきくと、機械部品をつくる会社だと答えた。週に一度、機械油の臭いのする作業衣を持ち帰った――。

道原はきいた。

「日化物産という会社に勤めていたことがありますか？」

「そういう社名のところには勤めたことはなかったと思います。堀越は、わたしと一緒にいるあいだに、たしか四回勤め先を変えました。いずれも小さな会社のようでした」

「大同商事にある堀越さんの経歴は、東京の明教大学卒業後、日化物産という会社に勤務したことになっています」

「それは嘘です。あの人は大学を出てはいません。田舎《いなか》の高校を卒業するとすぐに、家を飛び出して東京へきたと、わたしに話していました」

「堀越商店という事業をはじめられたようですが？」

「それはいまから二十年ぐらい前でした。自分で商売をはじめる前は、建売住宅を販売する不動産会社にセールスマンとして勤めていました」

「不動産会社に……」

道原と伏見はメモを取った。

「彼にはその仕事が向いていたのでしょうか、会社では一、二番の成績を挙げて、月に二百万円も三百万円もの収入があったようです。いくら稼《かせ》いでも、わたしには決まった金額しかくれませんでしたけど」

「堀越さんは、どんな商売をはじめたんですか？」

「最初は、不動産会社の下請けで、住宅の販売をしていました。わたしは会社へ行ったことはありませんでしたが、セールスマンを何人か使っているようでした。住宅が売れなくなると、宝石の販売をしたり、機械の輸出なんかをしていました。商売はうまいらしく、会社はたちまち大きくなって、十何年か前に大同商事にしたのです」

不動産のセールスをしているころから金回りがよくなり、毎晩のように外で酒を飲み、香水の匂いの移った服で帰ってきたという。

21

——堀越は、商才には長《た》けていたが、家族に対する愛情は薄かった。彼は一人っ子で、郷里には両親がいた。公子と結婚する直前、彼は彼女を郷里へ連れて行った。両親に彼女を引き合わせるためだった。彼女は彼の生家を見て腰を抜かしそうになった。それは住宅というよりも家畜小屋のような小さなバラックだった。その家は樹木に囲まれていたが、強い風が吹いたら飛ばされてバラバラになりそうに見えた。畳はなくて、板敷きの上に藁《わら》で編んだ筵《むしろ》が敷いてあった。

『こんな家、見たことがないだろ。これがおれの育った家だ』

堀越は立ったなりいった。

両親は並んで、筵の上に両手を突いた。訛《なまり》の強い言葉で、息子をよろしく頼む、といった。

その家に小一時間いたが、

『さあ、帰ろう』

堀越は腰を上げた。

公子は、彼の郷里へ行ったら、一泊ぐらいはするものと思っていたが、とても泊まれるような家ではなかった。

彼の母親は黄色い目を拭きながら、

『すまないね、すまないね』

と、繰り返した。

その小さな家の前にはせまい茶畑があった。それは堀越家の所有地だということだった。

バスで三重県名張《なばり》市に出た。そこが最も近い地方都市だといわれた。

堀越と公子は、結婚式などしなかった。神社でお祓《はら》いもしてもらわず、籍だけを入れた。

母親は堀越宛てによく手紙をよこした。ほとんどが平仮名で、鉛筆で書いてあった。

彼は母の短い手紙を読むと、すぐに捨てた。返事を書こうとはしなかった。

彼の捨てた手紙を公子は読んだ。たまには郷里へ帰ってこいという内容だった。足腰が痛くて、寝ている、と書いてよこしたこともあった。

父親は山林の手入れの仕事をしていた。冬になると仕事がないということだった。

結婚して一年で公子は女の子を産んだ。が、堀越はそれを両親に知らせなかった。

公子が手紙を出した。堀越の母から手紙がきて、孫の顔を見たいと書いてあったが、東京へ出てはこなかった。

旅費を送ったらどうかと公子は堀越にいったことがある。彼は、『田舎者だ。東京へなんか出てくるものか』といった。

彼には両親に孫の顔を見せてやりたいという意思はなかったらしく、奈良へ連れて行こうとしなかった。

彼は自分の子供が可愛くないのか、めったに抱こうとしなかった。二人の娘が成長してからも、遊園地などへ連れて行ったことは一度もなかった。

彼の父親は、二人の孫の顔を見ずに死んだ。山から木を伐《き》り出している作業中に、橇《そり》の下敷きになったということだった。彼が三十二のときである。

堀越と公子は、二人の娘を連れて奈良へ行った。かたちばかりの葬儀をしたが、その日は冷たい雨が降った。彼は涙を見せなかった。堀越らは名張市の旅館に二泊し、黄色い目をした母親を残して東京へ帰った。

その後、母親は月に二度は手紙をよこした。奈良の家には電話がなかったのである。彼には、収入の途《みち》のなくなった母を哀れむ気持ちはあってか、毎月現金を送っていた。その金額を公子は知らなかった。

母親は二年後に入院した。近所の人が訪ねて、飲まず食わずで寝ていた母を見、名張市の病院へ運んだということだった。その知らせは近所の人から電話で届いた。

堀越は出かけた。病院に着いた彼から公子に電話があって、『助からないだろうな』といった。

公子は、すぐに見舞いに行くといったのだが、彼はこなくていいといった。

母親は退院できず、二か月で死んだ。父親のときと同じように、かたちばかりの葬式をした。それは夏の盛りで、うだるような蒸し暑い日だった。蟬がうるさいほど鳴いていた。

わずかな土地と畑は、隣家が買い取った。その金を受け取って帰ってきた堀越は、『生活の足《た》しにもならない』と、吐き捨てるようにいった。

父が死んでも母が死んでも涙ひとつこぼさない彼が、公子の目には人でないように映った。

堀越の女癖はやまなかった。彼は若い女性のいる店で飲んだり、風俗店などへ遊びに行くのでなくて、好きな女性ができると、その人の住まいへ通うのだった。女性には金品を与えているにちがいなかった。

冬の強い風の吹く真夜中、電話が鳴った。公子が受話器を取ると、消え入りそうな女性の声が、『堀越さんをお願いします』といった。

『こんな時間に、どなたですか？』

公子はきいた。

『すみません。堀越さんをお願いします』

女性は苦しげな声を出した。

公子が同じことをきいていると、目を覚ました堀越が受話器を奪い取った。

彼は二言三言話して電話を切ると、パジャマを脱ぎ捨てて洋服に着替えた。

『こんな時間に、どこへ行くの？』

公子はきいた。

『急用ができたんだ。おれのやることにいちいち口を出すな』

彼は手荒くドアを閉めて出かけた。

公子には想像がついた。

愛人が急病にでもなったのだろう。高い熱が出て苦しいのか、病院にでも行ったのではないか。交通事故に遭い怪我をしたことも考えられる。それで心細くなり、彼にそばにいてもらいたくなって電話を掛けたのではないか。愛人は、彼の自宅に電話すべきでないのを承知していたが、いたたまれなくなったので掛けたのだろう。

真夜中に出かけた彼は、次の日の深夜に帰宅した。公子は起きていた。

『話があるの』

彼女は膝をそろえた。

『あしたにしてくれ。今夜は遅い』

彼は風呂も使わず、隣室の寝床に入った。

次の日も彼の帰宅は深夜になった。発病したか怪我をした愛人の住まいに寄ってきたにちがいなかった。

公子は考えたすえ、彼を責めたり文句をいわないことにした。彼女が目を吊り上げて責めたりすると、家に帰ってこなくなるような気がしたからだ。

それよりも子供の成長に合わせて広い住まいに移ることを提案した。彼はそれを呑み、一週間で借家を見つけてきて、公子に見せた。二階建てで、庭もあった。子供が通う学校には少し遠くなるが、彼女はその家を気に入った。

彼は会社勤めを辞めて独立した。商売はうまくいっているようだった。毎月、公子に渡す金額もふえた。

二年ほど借家住まいをして、彼は家を建てるといい、あちこち土地を見つけてまわっていた。

現在の家を建てたのは十六、七年前だった。彼がはじめて持った自分の家である。しっかりした住宅を持てば、彼の素行もおさまるだろうと公子は思っていた。

だが彼女のその観測は甘く、彼の女癖は変わらなかった。公子がみるに、堀越は二年ぐらいで愛人と別れるようだった。そしてすぐにべつの女性と親しくなるらしかった。

ある日彼は、ズボンに白い毛をつけて帰ってきた。公子には動物の毛だと分かった。彼女は近くの動物病院へ行って、その毛を見せた。犬の毛だということが分かった。堀越は動物が好きでなく、犬も猫も飼わなかった。

彼は週に二回は深夜に帰宅した。彼の脱いだ洋服を見ると、かならず白い毛が二、三本ついていた。犬を飼っている女性と付合いはじめたことを公子は知った。

二年ほど経つと、彼は白い毛をつけてこなくなったし、帰宅も深夜におよばなくなった。犬を飼っている女性と別れたのだと公子は想像した。

彼はたまに地方へ出張した。公子は彼の洋服のポケットから京都の寺の拝観券を二枚見つけた。彼は二泊の予定で東北へ出張したはずだった。出張は嘘で、女性と京都旅行をしてきたのを公子は知った。

妻や娘たちを観光旅行に連れ出したことなど一度もない彼だったが、好きになった女性とならば旅行をいとわないのだった。

公子は、彼の「出張」を信用しなくなった。たとえ仕事でも、女性連れで行くのではないかと疑った。

彼はたまに山にも登った。単独なのか連れがいるのか、公子は彼にきいたことがなかった。

堀越は五十歳になった。彼の女性が変わった。それが分かったのは、彼の生活リズムに狂いが生じたからだった。それまでの彼は、週に二回は深夜に帰宅していたのだが、二、三日帰ってこなくなった。帰ってくると下着が変わっていた。公子が買ったのでない下着を着てくるのだった。その女性が意図《いと》的にべつの下着を着せて彼を帰宅させているように思われた。ワイシャツもちがっていた。女性が買って彼に着せているのにちがいないと公子は思った。

今度の女性はそれまでとちがって独占欲が強く、彼が自宅から着てきた物を脱がせるのではないか。公子はそう考えると気味が悪くなった。そのうちにその女性は自宅に乗り込んできて、自分や娘たちに嫌がらせをしそうな気もした。

公子は初めて、娘たちに父の素行を話した。

『お父さんはお母さんをバカにしているのよ。そんなお父さんとは別れちゃいなさいよ』

長女はそういった。

『わたしは、お父さんがきらいよ。不潔だし、気持ちが悪いわ』

次女がそういった。

長女が大学を卒業し、就職した。

それを機に公子は堀越と別れることを決意した。

他所で二泊して帰ってきた彼にそれを話した。

『お前がそう決めたんなら、そうすればいい』

彼は娘たちにも未練はないようだった。

次の日曜日、公子は二人の娘と一緒にマンションをさがして歩いた。

さがし当てたのが現住所だった。

公子と娘たちは、一週間後に堀越の家を出ることにした。転居の日、彼はいなかった。家族を失うことに寂《さみ》しさを感じない男のようだった。それは好きな女性がいるからにちがいなかった。やがて彼は好きな女性を自宅に迎えることだろうと公子は想像した。

堀越と一緒になって二十三年間、一日として、「この人と出会えてよかった」と思ったことはなかった。親を大切にしない人は、妻子に対する愛情も希薄《きはく》なのかと思った。

トラックに荷物を積み終えると、住み馴れた家を振り返った。庭に赤や白や黄の花が咲いていた。公子が手入れして育てた草花だった。彼女はそれを根こそぎにした。やがてこの家に入った女性が花に水をやりそうな気がした。それともそういうことがきらいで、枯らしてしまうかもしれなかった。彼女は狂ったように草花を根こそぎにし、それを踏みつけた。トラックの運転手は、口を開けて彼女を見ていた。

玄関に鍵をかけ、鍵をポストに放り込んだ――。

「その後、堀越さんにはお会いになりましたか？」

道原はきいた。

「外で二度会いました。離婚の手続きのためでした」

「あなたは住所を教えたでしょうね？」

「教えておきましたが、電話を掛けてきたこともありません」

公子は単独で奈良へ行き、堀越の両親の墓に手を合わせて、離婚を報告したという。

「堀越さんは、お嬢さんとは会っていますか？」

「いいえ。一度も」

娘は二人とも結婚し、都内に住んでおり、長女には子供がいるという。堀越には孫であるが、長女は子供を産んだことも彼には知らせていないという。

「堀越さんは、ご両親のお墓参りをしていそうですか？」

「お寺にお墓の維持費は送っているでしょうが、お参りはしていないような気がします」

彼は郷里が好きでないらしい、と公子はいった。

22

道原たちは、堀越和良の郷里へ行ってみることにした。地図を見ると三重県に接していた。

名古屋で近鉄大阪線に乗り換え、名張で降りた。そこからバスに乗った。バスは川沿いを走り山間部に入った。水田が跡切《とぎ》れると茶畑になった。山の緑は暑苦しいほど濃かった。山襞《やまひだ》の窪みに十戸ばかりの住宅がかたまっていた。老人が三人しか乗っていないバスは緩い坂をくねくねと曲がった。曲がるたびに集落があらわれた。駅前で教えられたバス停で降りた。

鳥居とせまい石段があり、それをスギ林がはさんでいた。石段の上は神社だった。石垣の上にのっている家もあった。

畑にいる七十歳ぐらいの男に、堀越という家があったはずだがときくと、神社の左手を指さし、その家はとうになくなっているといった。言葉には強い訛があった。

堀越家のことをききたいというと、男は神社の右手の家を指さし、その家できけばたいていのことは分かるはずだと教えられた。

その家は一段高いところにあり、山林を背負っていた。広い庭に白い犬がいて、さかんに吠えた。

髪の白い男が縁側の戸を開けた。

道原は、長野県警の者だといって、名刺を渡した。

白い髪の主人はメガネを掛け、名刺を読んだ。

「ご遠方からご苦労さまです。外は暑いからお入りください」

道原と伏見は座敷に通された。家の奥から涼しい風がとおり抜けていた。

「堀越さんの家は、もう何年も前に絶えてしまいました。一人息子がいましたが、東京へ出て行って、いまでは墓参りにも帰ってきません。墓はこの上の台地にありますが、お参りする者がいないので、私が草をむしったり、墓石を洗ってやったりしています」

「一人息子は、和良さんですね？」

「そう。学校へ通っているころはおとなしい子供でしたが、大きくなってからは顔つきも目つきも変わりました。この辺の子供は、高校を卒えると、大阪や名古屋や東京へ出て行きますが、盆や正月には帰ってきます。帰ってこないのは和良だけでした。和良の母親は、一人っ子なのに帰ってこないと、泣き言をいっていたものです」

「和良さんも、地元の高校を出て、東京の大学に進んだんですね？」

「いや、和良は大学になんて行っていません。高校も出ていません。この村の中学を出ると、父親がやっていた山林の手入れの仕事についていました」

「高校にも行かなかった……」

道原は主人の話をメモした。堀越の経歴書には東京の明教大学経済学部卒業と書いてあった。そういえば彼の先妻の公子も、大学は出ていないといっていた。

「お父さんのやっていた仕事に従事していたのは、何年間ぐらいですか？」

「二年間ぐらいだったでしょうね」

主人はそういってから、お茶を淹《い》れるといって立ち上がった。「きょうは家内が病院へ行ったものですから」

「どこかお悪いんですね？」

「腰が痛いといって、この三、四日ぐずぐずしていました。ここは病院も遠いのでね」

「名張へ行くんですね？」

「ええ。次のバスで帰ってくると思います」

主人は木の丸盆にお茶をのせてきた。

「和良が十七か十八のころ、名張である事件が起きました」

「ほう。どんな事件ですか？」

「ある製材所の社長の家が火事になりました。あとで分かったことですが、放火だったんです。泥棒が家に火をつけて、そのどさくさにまぎれて現金を盗んで逃げたんです。金額は忘れましたが、大金を盗まれたんです。……その事件で和良は嫌疑をかけられ、警察で取り調べを受けました。たしか警察へ連れていかれて、何日か帰ってこなかったようでした」

「和良さんはなぜ疑われたんですか？」

「和良の父親は、その製材所の持っている山林の手入れをしていました。その関係で和良を連れて、社長の家にも出入りしていました。社長の家の勝手を知っていた一人ということで、嫌疑をかけられたようでしたね」

「そのころの和良さんは、真面目に働いていましたか？」

「父親について、山へ入っていました。……そうだ、冬は山に入れないので、名張の製材所でアルバイトをしていました。そういうこともあって、放火と盗みを疑われたんです。思い出しましたよ」

「その放火と盗みの犯人は捕まりましたか？」

「分からずじまいでした。疑われた人は何人かいたようですがね。……もう四十年も前のことです」

主人は白い頭に手をのせた。

「その事件のあとも、和良さんはお父さんと仕事をしていたんですね？」

「家を出て行きました。和良の姿が見えないので、私が母親にききましたら、東京へ働きに行っているということでした」

「たまには帰省しましたか？」

「さっきもいったように、ほかの家の子供たちは帰ってくるのに、和良だけは盆にも暮れにも帰ってこない。母親はちょくちょく手紙を出しているということでしたが……。それでも三年に一度ぐらいは帰ってきて、一晩泊まって、どこの家にも顔を出さずに東京へもどっていたようでした」

「東京ではどこかに勤めていたのでしょうね？」

「はじめは貴金属を扱う店に勤めていました。そのころ母親は、『和良は宝石店に勤めている』と私に話していました。それがどこなのかは知りませんでしたが、母親が死んだあと、私が和良の家の土地や畑を買い取りまして、家を壊しました。家といっても小屋のような粗末《そまつ》なものでした。家の中を和良は片づけなかったので、私が整理したんです。するとタンスの引き出しから手紙の束が出てきました。和良がよこした手紙を母親はとっておいたんです。その中に、貴金属店の名の刷ってある封筒がありました。それの住所は東京の上野で、たしか『アマギ』とか『アマリ』という名の店でした。和良は私に、家の中の物は全部捨ててくれといったものですから、処分しましたが、それだけは覚えています」

「その店が上野だったことはまちがいありませんね？」

「上野でした。私は上野へ行ったことがありましたので、覚えています」

道原は堀越和良の経歴を整理した。

地元の中学を卒えると、父親のやっていた山林の手入れの仕事に従事した。ほぼ二年間でその仕事をやめて上京、上野の貴金属店勤務。その後は先妻、公子の記憶によるが、東京・神田のネジ製造会社、機械部品製造会社。不動産会社で建売住宅販売のセールスマンを経て、二十年前ごろ独立。不動産会社の下請けの住宅販売や宝石販売を手がけた。十四年前に現在の大同商事設立。

堀越が会社経歴書にうたっている学歴や職歴は嘘であることが分かった。

「和良さんは、二十七歳で結婚したということです」

　道原はいった。

「母親は、早く嫁《よめ》をもらわないかと心配していたようですが、結婚する相手を連れてきたといって喜んでいました。……結婚して、女の子を二人もうけたということでした」

　和良が、妻と子供を連れてきたのは、父親が死亡したときと、母親が死んだときだという。

「一人っ子なのに、ここへくるのがいやなのか、なんとなく情の薄い男でしたね」

　主人は、また白い頭に手をやった。

「家や畑を処分してからは、一度もきていないのですね？」

「ええ。年賀状もよこしません」

　母親が死んだのは和良が三十四歳のときである。それから二十三年がすぎている。

　主人の話では、両親の墓参りには一度もきていないはずだという。

「和良は、いまなにをしていますか？」

　主人はきいた。

「新宿の高層ビルに入って、大同商事という会社を経営しています。社員が百人ぐらいいる会社です」

「ほう、出世したものですね。和良は五十七歳になったはずですが」

「七年前に前の奥さんと別れて、再婚しましたが、二度目の奥さんは先月、山登りの途中で遭難して亡くなりました」

「事業では成功したようだが、家族運の悪い男ですね」

道原はうなずいてノートを閉じた。

バスがくるまでに三十分ばかりあると主人はいって、お茶を淹れかえた。

23

三重県警名張署へ寄り、刑事課長に会った。古いことを伺いたいと道原はいった。

「いつごろのことでしょうか？」

四十代半ばの刑事課長はメガネを光らせた。

「四十年ほど前のことです」

「四十年ほど前……」

「どんな事件か、資料が残っていたら見せていただきたいのです」

事件簿は残っているはずだと刑事課長はいった。

市内の製材所の社長の自宅が放火され、多額の現金が盗まれた事件だと道原は話した。

刑事課長は部下に、当時の事件記録をさがすようにと命じた。

道原はなぜその事件を知りたいのかを説明した。その説明には二十分ぐらいを要した。

「この事件ではないでしょうか。ほかには類似した事件はありませんから」

三十代の刑事が分厚い記録を抱えてきた。表紙の中央に「山二製材所社長宅放火事件」と墨で書いてあった。

道原と伏見はテーブルと椅子を借りた。

その事件の発生はちょうど四十年前の十月だった。

——山二製材所社長宅は、夫婦と娘と社長の母親の四人暮らしだった。家族が寝ついた午後十一時五十分ごろ、勝手口付近から出火した。出火に気づいたのは、一階の台所に近い部屋に寝ていた社長の母親だった。足の不自由な母親は隣室に寝ていた社長の娘を起こした。そのころには火は燃えひろがっていた。二階に寝ていた社長夫婦が一階へ下りてきたときは火の海になっていて、母親を避難させるのが精一杯だった。

消防車がきて、約二十分後に消しとめられたが、家屋は全焼に近かった。

消火活動中、社長はさかんに応接間の金庫のことを気にしていたが、火勢が強くて家の中に入ることはできなかった。

鎮火してから分かったことだが、金庫の扉が開き、中の書類は焼けていた。社長の話では金庫には現金が入れてあったというが、紙幣が燃えた痕跡はなかった。応接間のガラスは割れていた。

翌日の検証で、燃え残った応接間の絨毯《じゅうたん》の上に少量の泥が落ちているのが分かった。台所付近の燃えかたがとくにひどかった。

それを検《み》て消防と警察では灯油をまいての放火と断定した。

犯人は勝手口に灯油をまいて火をつけた。家人が出火に気づき、社長の母親の避難に追われているあいだに、庭づたいに反対側にまわり、外から応接間のガラスを割って侵入。金庫の扉をバールのような物でこじ開け、中の現金を盗んで逃げたと判断した。

足跡を入念に検《しら》べたが、応接間も庭も放水のためにに水びたしになっていて、完全な採取は不可能だった。

社長の話では、金庫に収《おさ》めていた現金は千二百万円ということだった。なぜ大金を自宅に置いていたかというと、翌日、材木の取引きがあるからだった――。

道原と伏見は記録を読みすすんだ。

取り調べた被疑者の経歴や供述が詳しく載っていた。

――九人目の被疑者が堀越和良だった。八人は、製材所の従業員、元従業員、庭師など。

和良の父親は、村有林と山二製材所所有の森林の手入れや見回りを請負っていた。植林や伐採に従事することもあった。若いころからこの仕事をやっていたので、スギの森林については精通していた。

中学を卒業した和良はほかに就職せず、父親の仕事を手伝うようになった。父親と二人で弁当を持って山に入るのだった。彼がこの仕事に就《つ》くことになったとき、父親は彼を連れて山二製材所の社長に挨拶していた。その後も社長はときどき父親を自宅に招《よ》んだ。森林《やま》のようすをきくためだった。そのたびに和良は父親について行った。社長宅の応接間には何度も通されていた。

こうした間柄から警察では、彼を社長宅のようすや家族構成に通じていたとみたのだった。

火災が発生して間もなく、同家の庭から飛び出してきた若い男の姿を見たと証言した近所の人がいた。若い男は袋のような物を抱えていたと証言した人もいた。その男が怪しいということになり、同家に出入りしたことのある人間を、警察は割り出した。

和良の父親もその一人だったが、火災当夜、自宅にいたことを近所の人が見ていた。両親は在宅だったが和良の姿は見えなかった。

和良は警察に呼ばれ、当夜のアリバイをきかれた。彼は自宅にいたと主張した。両親にもきいた。両親も和良はずっと家にいたと証言した。

以後、警察は和良の動向を監視した。が、彼の日常に変化はなく、金遣いが荒くなったということもなかった。雨降りでないかぎり、父親と一緒に森林をまわり、草刈りや下枝をおとしたりしていた。

それから二か月ほど経過した。和良の姿が自宅から消えた。警察はどこへ行っているのかを母親にきいた。東京へ仕事を見つけに行ったが、まだ住所は決まっていないということだった。

警察は毎日、両親に会いに行った。和良から連絡があったかをきいた。一か月ほどして和良から手紙が届いた。東京・上野の「甘木《あまぎ》商会」に就職でき、そこの寮に入ったということだった。

名張署からは刑事が東京へ飛んだ。和良の生活を監視するためだった。彼は甘木商会から歩いて約十分のアパートに住んでいた。刑事は彼の日常を十日間監視したが、変わった点はなかった。一か月経過してからまた十日間監視した。和良は粗末な服装をして通勤していたし、アパートに帰ってからも外出しなかった。

名張署では、和良が父親と一緒に見回りしていた山林を捜索した。和良が社長宅から盗んだ現金を埋めて隠したのではないかと疑ったのだった。だがその痕跡も現金も見つからなかった。一方、刑事を合計六回、東京へ送り、和良の素行を調べた。彼は真面目に働いていたし、派手《はで》に金を使うようすもなかった。両親の生活状態にも変化はみられなかった。

放火と窃盗の犯人は検挙されないまま捜査は打ち切りとなった。が、その事件発生から五年後、警視庁の刑事が名張署を訪ねてきた。

その刑事は、『こちらの管内で起きた放火・窃盗事件に関して、堀越和良という男から事情をきいたそうですが』といった。刑事は和良の実家付近で聞き込みしているうち、五年前の名張市の放火・窃盗事件と、和良が被疑者の一人として挙がったことを耳に入れてきたのだった。

名張署では未解決の放火・窃盗事件のあらましを説明したあと、なぜ、堀越和良の身辺を調べにきたのかをきいた。

その質問に対して警視庁の刑事はこう語った。

東京・上野に甘木商会という従業員八人の貴金属卸販売会社がある。十日前の夜、無人の同社に賊が押し入り、指輪、ネックレスなどの貴金属約三百点（二千万円相当）と、金庫に入れてあった現金約八百万円が盗まれた。犯人は同社の出入口から侵入していた。そのことから、出入口のドアの鍵を開けることのできた者の犯行とみられた。出入口の鍵は、社長と経理担当の女性社員が持っていた。その女性社員から事情をきき、事件当夜のアリバイをさぐったところ、自宅にいたことが証明された。

他の全社員からも事情をきいたが、当夜のアリバイが不確かなのは、社員の前川孝則《まえかわたかのり》（二十四歳）と堀越和良（二十二歳）だった。前川と堀越は、同社の寮であるアパートに居住している。事件当夜のアリバイをきいたところ、両人ともアパートの自室にいたと答えた。前川と堀越の部屋は隣合わせ。前川は、堀越の部屋からは音楽がきこえていたと答え、堀越は、前川の部屋からはテレビの音がしていたと答えた。そのアパートは八部屋あり、他の入居者にきいたが、その夜、前川と堀越が部屋にいたことを証明した人はいなかった。

そこで両人の身辺を詳細に調べることになったということだった——。

24

道原と伏見は、東京へ出張するたびに西新宿のビジネスホテルに泊まることにしている。そのホテルにもどると、宅配便の荷物が届いていた。差出人は道原の妻の康代《やすよ》だった。

部屋で箱を開けると下着類の包みが二つ入っていて、手紙が添えてあった。

道原は署から携帯電話を持たされているが、康代はそれに掛けてよこしたことがない。彼の仕事を呑み込んでいるからだ。彼が聞き込みでもしていたり、重要参考人と会ったりしているときに、掛けてこられても困るのだ。

道原のほうからも自宅にはめったに電話をしない。

四賀課長はそれを知っていて、たまに康代に、「伝さんは元気でやっている。心配は要《い》らない」と電話しているらしい。

課長は伏見の自宅にも電話し、母親に同じことを伝えているということである。

「毎日ご苦労さまです。

東京はまだ暑いのではありませんか。こちらは朝晩だいぶ涼しくなりました。

わたしにも比呂子にも変わったことはありませんので、家のことは心配しないでください。

下着を送りましたから、毎日着替えてください。

伏見さんのお母さんに電話して、下着を持ってきていただきましたので同封しました。忙しいでしょうが、汚れた物はなるべく早く送ってください。

急に気温の下がる日があるでしょうから、風邪《かぜ》をひかないように気をつけてください。

伏見さんにもよろしくお伝えください。

康代」

伏見に手紙を見せ、彼宛の包みを渡した。それには手紙は入っていなかった。

道原と伏見は、着替えた下着を紙に包み、康代が送ってよこした箱に入れた。

これを受け取った康代は、伏見の物も洗濯するにちがいない。

九月二十日になった。小糠《こぬか》のような雨が降っていて肌寒かった。

警視庁上野署を訪ね、三十五年前に発生した事件の記録を見せてもらいたいと告げると、四角ばった顔の刑事課長は目をまるくした。

ここでも道原は、なぜ三十五年も前の事件を知りたいかを説明した。

道原たちが見たい記録はあった。これも分厚い綴《つづり》で、表紙には［上野・甘木商会窃盗事件］と書いてあった。未解決で、とうに時効になった事件である。

堀越和良に関する項目を読んだ。名張署で読んだ記録とほぼ同じだった。

社長の甘木利一郎《りいちろう》は事件当時四十一歳。現在七十六歳だ。当時の住所は品川区となっていた。

電話帳で甘木商会をさがしたが載っていなかった。社名を変更したことも考えられたので、受け持ち交番に照会してもらった。その結果、同社は事件後も営業していたが、ほぼ十年前に廃業したことが分かった。

電話帳をまた開いた。品川区に甘木利一郎の名があった。その番号に掛けると女性が応じた。以前上野で甘木商会をやっていた人かときくと、そうだといった。

甘木利一郎は健在で、自宅にいるという。道原たちは彼に会いに行くことにした。

甘木家は閑静な住宅街にあった。二階建ての家は洋風だった。髪の短い細君が出てきて、応接間に通した。

すぐに甘木が入ってきた。背は低いががっしりしたからだつきの男だった。実際の歳よりいくつも若く見えた。

「ご遠方からご苦労さまです」

甘木は、道原の名刺を受け取っていった。

「私は五年ばかり前に、家内と一緒に上高地へ行きました。前から行ってみたいと思っていた場所でした。期待どおりの風景で、しばらく橋の上をはなれられませんでした」

彼は河童《かっぱ》橋から稜線に雪のある穂高を眺《なが》めたようである。

道原は、上高地も穂高も豊科署の管内だと話した。

「きょうはどのようなご用件ですか？」

しばらく雑談してから甘木はきいた。

「経営なさっていた甘木商会に、堀越和良さんという社員がいましたが、覚えていらっしゃいますか？」

「覚えています。出身地が奈良県の男でした」

「堀越さんは現在、新宿で商事会社を経営しています。社員が百人ぐらいいる会社です」

「ほう。成功したものですね」

甘木の目の光りかたが変わった。

「甘木商会を辞めてから、いろんな職業に就いて、三十八歳のころ、独立したということです」

「堀越はいま、五十……」

「五十七歳です」

「そんなになりますか」

甘木は歳月の流れを振り返るように天井に顔を向けた。

「堀越さんは、二十七歳で結婚し、女の子を二人もうけましたが、七年前に離婚して、その翌年再婚しました」

甘木は、道原の顔をじっと見つめた。

「再婚した奥さんが、先月の二十七日、北アルプスの北穂高岳という山に登る途中、転落して亡くなりました」

「再婚した奥さんは活動的な人だったんですね」

「山が好きで、毎年登っていたということです」

「若い人ですか？」

「三十八歳でした」

「堀越とは歳がはなれていますね」

「その奥さんには、男性の同行者がいましたが、奥さんが遭難したのに、同行者の行方が不明です」

「男はどうしたんでしょうか？」

「奥さんの遭難現場から立ち去ったとしか思えません」

「女が転落して死んだのに……」

「それで私たちは、同行者の男性が誰だったかをさがしているわけです。……その件で夫の堀越和良さんには何度か会いました。会っているうちに、堀越さんがどういう経歴で、どういう人柄かを知りたくなりました」

「なにか疑いを持たれたんですね？」

「まあそういうことです。……奈良県の堀越さんの郷里へ行きました。両親は何年も前に亡くなって、家もありませんでした。そこで近所の人に堀越さんの少年時代のことをきいているうち、思いがけないことを耳にしました」

「放火と窃盗事件で疑われた件ですね」

「はい」

「うちの事件を担当していた刑事さんからききました。それをきいたときには驚きました。放火と窃盗事件で疑われたことを知っていれば、私は堀越を使いませんでした」

「堀越さんを採用したのは、どういうきっかけからでしたか？」

「新聞広告です。使い走りの若い男が必要だったので募集したんです」

「当時、堀越さんは十七歳でした」

「そうでした。奈良の中学を卒えて、父親の仕事を手伝っていたが、その収入では生活できないし、将来性もないので、東京で働くことにして出てきたといっていました。真面目そうだし、しっかりしていそうなので、使うことにしました。都内に身元保証人がいないのが不安でしたが」

そのときの堀越には住むところも寝具もなかった。従業員用に借りていたアパートの一室が空いていたので、面接した次の日に入居させたのだという。

「働きぶりはどうでしたか？」

「真面目でした。私や古い社員のいうことを、『はい。はい』ときいて、小マメに動いていました。はじめは自動車の運転免許証がなかったものですから、自転車に乗って、かなり遠くまで使いに行っていました。都内の地理を知らなかったものですから、交通機関を覚えるにも苦労していたようです。入社して三年ぐらいしてから免許証を取ったようでした。たまに会社の車に乗ることはありましたが、事故を起こしたという記憶はありません。……商品や仕事の呑み込みは早くて、頭のいい男だと思っていました」

窃盗事件は三十五年前の冬の夜に発生した。

次の朝、経理担当の女性社員がいつものように誰よりも早く出勤した。事務所には変わったようすはなかった。出入口のドアは施錠されていたのだった。が、金庫の扉が半開きになっていた。彼女は不審に思い金庫を開けてみた。毎夕、社長が帰るとき、高価な貴金属類を金庫に納めるのだったが、それが失くなっていた。

やがて全社員と社長が出勤した。壊された金庫を見て、社長は天を仰いだ。約三百点の貴金属と現金約八百万円が消えていたのだった。社長はすぐに警察に連絡した。駆けつけた刑事は、社長からも社員からも事情をきき、犯人がどこから侵入したのかを調べた。

「あのときは私までも疑われましてね、上野署に呼ばれて刑事さんからいろいろと質問を受けました」

甘木はいった。

「金庫に貴金属と現金が入っているのを知っていたのは、誰ですか？」

「経理の女の子は私が現金を入れているのを知っていました。ほかの社員には話していませんでしたが、せまい事務所と店舗のことですから、全員が知っていたはずです。ですから八人の社員は上野署に次つぎに呼ばれて、事情をきかれました」

「犯人は、出入口から侵入したということでしたね？」

「窓を破られた形跡がありませんので、出入口のドアの鍵を開けて入った以外考えられません」

「出入口の鍵は、社長と女性社員しか持っていなかったそうですが？」

「ですから女の子は警察に何度も呼ばれました。出入口の鍵を誰かに貸したんじゃないかと疑われたようです。しかしそんなことをするような子じゃありません。親元から通っていましたし、父親は当時の国鉄に勤めている人でした。二十六の女の子独りではあんなことはできません」

「複数の犯行でしょうか？」

「私は最低二人でやったこととみています」

「問題は出入口のドアの鍵ですね」

「昼間、女の子が外出したすきに、彼女の机の中からドアの鍵を持ち出して、合鍵をつくってもどしておいたんじゃないでしょうか。警察でもそうみたようでした」

「女性社員の机に近づけるのは、社員しかいないのではありませんか？」

「そのとおりです。ですから社員は徹底的に調べられました。日常の素行もです」

前川孝則と堀越和良以外の五人の男性社員は結婚していた。それで真夜中に外出できたのは独身の前川と堀越だろうと警察はにらんだようだ。二人とも同じアパートに起居していた。

道原はメモを構えてきいた。

「前川さんというのは、どんな人柄でしたか？」

「得意先まわりを担当していました。明るい性格で活発に動く男でした。得意先からも好かれていましたし、私も信用していました。青森の高校を出て、うちに就職したんです。……警察では、前川と堀越が組んでやったものとみたらしくて、親元から友だち関係にいたるまで、詳しく調べたということです」

それで堀越が、名張市の放火・窃盗事件の被疑者に挙がったことが判明したのか。

「事件後の堀越さんはどんなでしたか？」

「その前と変わらずに勤めていましたが、何度も警察に呼ばれたり、日常の行動を監視されたりしていましたので、元気を失くしていたように覚えています」

「甘木さんは、堀越さんが事件にかかわったとみていましたか？」

「いや、そんなふうにはみていませんでした。でも警察は、事件当夜のアリバイが証明されていないということで、前川と堀越をマークしていました。刑事さんから、堀越が奈良にいるころ、放火と窃盗事件で嫌疑をかけられたことがあるときいて、なんとなく信用できなくなりました。ほかの社員も、前川と堀越を色目でみていたようです」

「堀越さんは、いつ辞めましたか？」

「事件後、二か月ぐらいは勤めていたと思います。警察に疑われて、勤めにくくなったといいました。私もそうだろうと思い、転職をすすめました。彼はたしか、私の前で、『悔しい』といって、涙を流したような記憶があります」

「前川さんは、いつまで勤めていましたか？」

「堀越より少し前に辞めました。彼も、事件とは関係ないと、私にはいいました。仕事の面では惜しい社員を失ったと思ったものです」

「甘木商会を辞めた堀越さんから、連絡がありましたか？」

「手紙をもらった覚えがあります。世話になったという礼状です。うちを辞めてからも警察では、しばらくのあいだ、前川と堀越の生活に目を光らせていたようです」

堀越はいつごろ独立したのか、と甘木はきいた。

「甘木商会を辞めてから勤め先を転々としましたが、三十八歳のころ建売住宅の販売業で独立しました。そのあと何年間か、宝石を扱う商売をしていたこともあったそうです」

「宝石を扱っていた……」

甘木の目がまた光った。「現在の会社をはじめたのはいつごろですか?」

「法人にしたのが十四年前、四十三歳のときです」

「資金はどうしたんでしょうか?」

「建売住宅のセールスマンをしていたとき、毎月、何百万円もの収入があるほどの成績を挙げたということです。独立してからの商売も繁昌したようです」

「あの男が……」

甘木は過ぎ去った遠い日を思い出しているようだった。

「前川さんの消息をご存じですか?」

「いや。前川はうちを辞めてからなんの連絡もありません。もう六十近くになっているはずです。健康なら、堀越と同じように、どこかで商売をやっているかもしれませんね」

「甘木さんは、なぜ甘木商会をおやめになったんですか?」

「私には娘が二人いて、それぞれ所帯《しょたい》を持っています。いずれの夫もサラリーマンです。ずっと前に、二人の婿《むこ》に甘木商会を継《つ》がないかと話したことがありました。ところが私のやっていた商売に魅力を感じなかったらしくて、やりたくないとはっきりいわれました。それで私は、この商売は一代でいいと割り切って、廃業することにしたんです。……賊が入ったとき、もし私が事務所にいたら、殺されていたかもしれません」

甘木は腕組みした。「女房と二人の老後には困らないと思いましたので、いさぎよく商売をたたむことにしたんです。最後まで勤めてくれた社員はいました。多少の未練はありましたが、このへんが潮時と決めたんです。いまは、それでよかったと思っています。……ときどき、商売をしていたころの夢を見ますよ。前川と堀越が、夢に出てくることもあります。夢にあらわれる堀越は、水をかぶったように汗をかいて、自転車を漕《こ》いでいます」

甘木は目を閉じていたが、お茶を淹れかえるようにと、細君にいいつけた。

25

上野署で読んだ事件記録にしたがって、前川孝則の住所を追跡した。もしかしたら前川と堀越は、手を組んで事業を展開しているのではないかとも想像してみたのだ。

前川は甘木商会退職後、都内で住所を転々としていた。五年間で四か所に転居していたのだった。二十九歳のとき、郷里の青森市へ転居した。実家に住んだのではなく、独り暮らしをしていたようだ。

道原と伏見は、青森へ飛んだ。前川の住所は分かったが、意外な結果が待っていた。

前川は二十七年前、三十二歳のときに、青森港で水死体で発見されていた。当時の彼は、市内の建設会社に勤め、おもに資材運搬の運転手をしていたことが分かった。

当時の前川をよく知っている秋葉《あきば》という男を見つけて会った。秋葉は前川と同じ歳の五十九歳。かつて前川が勤めていた建設会社で常務になっていた。

「仕事はよくやりましたが、一風変わっていましたね」

秋葉は前川のことをそういった。

「前川さんが東京にいたのをご存じでしたか？」

道原はきいた。

「市内の高校を出て、東京の会社に就職したということでした。勤務先を何度か変えたが、やはり郷里がいいということで、もどってきたといっていました」

「結婚はしなかったんですね？」

「ずっと独り者でした。好きな女性がいたことはあったようですが、結婚する意思はなかったようです」

「ほかにどんなところが普通の人とは変わっていましたか？」

「年に何度も東京へ行っていました」

「年に何度も……。用事はなんだったんでしょうか？」

「東京に友だちがいたからじゃないでしょうか。よく分かりませんが」

前川は東京に約十一年住んでいた。その間に友だちはできただろうが、年に何回もその人に会いに行っていたというのが解《げ》せない。友だちに会うのでなく、べつの用事があったのではないか。

「前川は独身でしたから、自由だし、所帯持ちよりは経済的に余裕もあったと思いますが、給料以上の金を使っているという噂《うわさ》がありました」

「なにに金を使っていたんでしょうか？」

「飲み屋です。市内の酒場へしょっちゅう出入りしているということでしたし、たまには札幌へも出かけていたようです」

「札幌へは飲みに行ったんですか？」

「そうらしいといわれていました。札幌の飲み屋に好きな女がいるので、その人に会いに行っているんじゃないかという噂がありました」

「給料以上の金を使うというのは不自然ですね」

「なぜ遊ぶ金がそんなにあるのかと、彼が飲み屋へ行くことを知っている同僚は不思議がっていました」

「前川さんが青森にもどったのは二十九歳のときですが、そのころから、ちょくちょく飲みに行っていたんですか？」

「青森へもどってきた直後のことは分かりません。うちの会社に入って、一年ぐらい経ってから、たびたび飲みに行っていることや、札幌へ行くことや、年に何度も東京へ行くことが、同僚のあいだに知られるようになったんです」

「前川さんは青森港で、水死体で発見されたということですが、事故ですか？」

「事故でしょうね。かなり酒を飲んでいたということです。酔って歩いているうち、あやまって海に落ちたものと警察ではみたようです」

前川が死亡したのは四月だった。青森の海はまだ冷たい。海に落ちればたちまち心臓麻痺を起こしたのではないか。

「秋葉さんのほかに、前川さんのことをよく知っている人はいるでしょうか？」

「女性を一人知っています。前川がよく通《かよ》っていた飲み屋で働いていた人です。小《こ》柳《やなぎ》久美子《くみこ》といって、前川が死んだあと一度結婚しましたが、離婚して、いまは小料理屋をやっています。彼女は前川に惚《ほ》れていたようですから、二人は一緒になるんじゃないかという人がいました。彼女は前川の住まいにも行くことがあったようですから、私の知らないことも知っているんじゃないでしょうか」

小柳久美子は現在五十歳ぐらいだという。

道原たちは、彼女がやっている小料理屋を訪ねた。カウンターとテーブル席が二つある小ぢんまりした店だった。まだ開店前でのれんは出ていなかった。煮ものの匂いがただよっていた。

彼女は色白の丸顔だった。若いころは可愛かったろうと思われる顔立ちをしていた。

突然、長野県の刑事が二人やってきたので、彼女は目を見張った。

前川孝則のことをききにきたのだと道原がいうと、

「前川さんのことを……」

彼女は顔色を変えた。

「親しくしていたそうですね？」

彼女は白いシャツの胸に手を当ててうなずいた。

「青森港で水死体で発見されたということですが」

「はい。前川さんは、アドレスノートにわたしの電話番号を書いていたので、警察から連絡がありました。あのときは、息がとまるかと思うほどびっくりしました」

「海に落ちたのは、発見された前の日の夜ということですが、その夜、あなたは前川さんに会いましたか？」

「いいえ。二、三日会っていませんでした」

当時彼女は、女性が四人いるスナックで働いていた。前川はその店へ週に一度は飲みにきていたのだという。

「前川さんは、あなたのいた店へ、何年ぐらい通っていましたか？」

「二年ぐらいでした」

「そこは料金の高い店でしたか？」

「青森のスナックでは普通ぐらいの料金の店でした。お客さんのほとんどがサラリーマンでしたから」

「前川さんは毎週飲みにきた。サラリーマンなのに、よく飲めるものだと思いませんでしたか？」

「彼は独身でしたから」

「前川さんは、ほかの店にも行っていたでしょうね？」

「たまに行く店が、ほかに二軒ぐらいあるようでした」

「青森でも飲んでいたが、ときどき札幌にも行っていたということですが？」

「札幌へは、月に一回ぐらいだったようです」

「わざわざ、札幌へ飲みに行っていたんですか？」

「仕事だといっていました。……もしかしたら札幌に好きな女性がいて、その人に会いに行くんじゃないかと思って、わたしはヤキモチを焼いたことがありました」

「札幌へ行けば、その日のうちには帰ってはこれないでしょうね？」

「一泊してきたようでした」

「勤めていた会社で、前川さんは札幌へ出張するような仕事を担当していなかったそうです。同僚のあいだでは、ススキノへわざわざ飲みに行くのだという噂が広がっていたようです」

「そうですか。わたしは彼のやっていた仕事を詳しく知りませんでしたので……」

彼女は首を傾げた。

「年に何回も東京へ行っていたことは？」

「覚えています。それも会社の出張ではなかったでしょうか？」

「いや。個人的な用事のようです。……あなたは、前川さんが東京でどんな仕事をしていたか、知っていますか？」

「会社員だったとしかきいていませんでした。わたしは若かったし、彼のいうことをただきいているだけでした」

「あなたは前川さんと一緒になるつもりだったのではありませんか？」

「わたしは彼のことが好きでした。彼が一緒になろうといってくれたら、すぐにでもそうしようと思っていましたけど……」

「前川さんは、そういわなかったんですね？」

「一度も……」

久美子は睫《まつげ》を伏せた。

「前川さんの住まいへ行ったことがありますね？」

「はい」

「何回もですか？」

「月に二、三回です。部屋の掃除をしたり、布団を干しに行きました」

「その部屋で珍しい物を見た覚えはありませんか？」

「珍しい物……。なんでしょうか？」

「前川さんからプレゼントされた物はありますか？」

「わたしは四月生まれです。誕生日に指輪をいただきました。彼が亡くなったのは、その二、三日あとでした」

彼女は当時を思い出してか、鼻に手を当てた。

「どんな指輪でしたか？」

「四月の誕生石のダイヤモンドです」

「高価な物ですね？」

「わたしには値打ちが分からなかったものですから、そのころ働いていたお店のママにそれを見せました。ママは驚いて、何十万円もする物だといいました。前川さんは、東京で買ってきたといっていました」

「それは、たとえばデパートの包み紙なんかに包まれていましたか？」

久美子は首を傾げていたが、

「立派《りっぱ》なケースには入っていましたけど……」

包装紙のことは覚えていないようである。

「その指輪はどうしましたか？」

「若いときには、そんな高価な物をはめるわけにはいきませんでしたので、大切にしていました。……ご存じかもしれませんが、わたしは結婚しました。その生活は三年しかつづきませんでしたけど。その間は前川さんからいただいた指輪だけは夫に見せませんでした」

「いまも持っていますか？」

「家に置いてあります。お客さまや友だちのお祝いのパーティーのときぐらいしかはめません」

道原は、その指輪を見せてもらえないかといった。

彼女は顔色を動かした。

「なにか、よくないことがありそうな気がしますが……」

「参考までに見せてください」

道原は、指輪を見せてもらう理由を話さなかった。

「三十分ぐらい待ってください。女の子が出てきますので、そうしたら家へ指輪を取りに行きます」

彼女は暗い目になった。

「前川さんが亡くなる直前、彼を訪ねてきた人はいなかったですか？」

「さあ、覚えていません」

久美子がいったとおり、ジーパン姿の若い女性が、「おはようございます」といってやってきた。従業員だった。一瞬、久美子の娘ではないかと思ったが、顔立ちは似ていなかった。

26

道原と伏見は、小柳久美子の自宅へついて行った。そこは彼女の店から歩いて七、八分のマンションだった。彼女は独り暮らしをしているようである。

「どうぞ」

ドアを開けた彼女は、二人の刑事を玄関に入れた。ほのかに香を焚《た》いたような匂いがしていた。

久美子は黒いケースを持ってきた。そのケースも上等な物に見えた。

道原はしゃがむと、彼女に断わって蓋《ふた》を開けた。光った指輪がおさまっていた。本物なのかどうか、彼には見分けはつかないし、値打ちも分からなかった。手を動かすたびに宝石はきらきらと輝いた。

「これを貸していただけませんか」

「えっ」

彼女は胸を押さえた。気分が悪くなったといっているように見えた。

「四、五日でお返しできると思います。大切な物でしょうが、お願いします」

彼女は胸に手を当てたまましうなずいた。

伏見が預り証を書いた。

「その指輪の出所《でどころ》をお調べになるんですね？」

彼女は細い声でいった。

道原は、そうだ、と低い声で答えた。

「とてもいやな予感がします」

「参考までに専門家に見せるだけです」

道原は白いハンカチに黒いケースを包んだ。

久美子は、からだから力が抜けたように廊下に膝を突いた。

彼女には気の毒だったが、道原は拳を握って頭を下げた。

道原たちは品川区の自宅に甘木利一郎を訪ねた。

「見てもらいたい物がある」と、前もって電話しておいたのだ。

道原は白いハンカチに包んでいた黒いケースを、甘木の前に置いた。

甘木はケースを手に取って蓋を開けた。

「ダイヤですか」

彼はケースをテーブルにもどすとメガネを掛けた。

「いい物ですね」

「見覚えのある品ではありませんか？」

道原は甘木の表情に注目した。

甘木はふたたびケースをテーブルに置くと、タンスの引き出しからルーペを取り出してきた。メガネをはずして、ルーペを右目に当てた。眉間に立てた皺が深くなった。

「これはうちがつくらせた物です」

「まちがいありませんか？」

「覚えています。二十点ばかり特別につくらせたうちの一点です。まちがいない。職人の癖《くせ》が出ています」

彼はルーペをのぞいたまま答えた。

「盗まれた物の中に、その指輪も入っていましたか？」

「たしか五点入っていました」

「どのぐらいの値段の物ですか？」

「いまなら、市販で二百万円はするでしょうね」

「二百万円……」

伏見がつぶやいた。

「刑事さん。これはどこで手に入れられましたか？」

ルーペをはずした甘木の目は光っていた。

「前川孝則さんが付合っていた女性が大切にしている物です。二十七年前、彼が彼女の誕生日にプレゼントしたんです」

「二十七年前……」

甘木は天井に顔を向けた。

甘木商会に賊が入り、金庫から貴金属と現金が盗まれたのが三十五年前だった。

「ケースはおたくの物ですか？」

「いや。うちの物ではありません。うちが注文してつくらせていたケースには、内側にⒶのマークを入れていました。こういうケースはどこででも買えます。……前川が付合っていた女にですか……」

甘木は天井の一点をにらんだままいった。

「前川さんは、その指輪を女性にプレゼントした二、三日後に、青森港で死にました」

「青森港で、死んだ」

「酒に酔って、海に落ちたんじゃないかとみられています」

「何月にですか？」

「四月です」

「四月なら、青森は寒いですね」

「遺書はないし、自殺の動機は考えられませんので、事故死ということになっています」

「二十七年前というと……」

「三十二歳でした」

「家族はいましたか？」

「独身でした」

「いい死にかたはしなかったんですね」

甘木はそういって、ケースの蓋を閉じた。

「この指輪を持っているのは、どんな女ですか？」

「若いとき、酒場に勤めていて、その店へ飲みにきていた前川さんと親しくなりました。いま五十歳で、青森市内で小料理屋をやっています。独身です」

甘木はうなずくように首を動かし、その女性に指輪を返してやってくださいといった。

道原は黒いケースを引き寄せると、ハンカチに丁寧に包んだ。

甘木はなにかいいたそうだったが、細君の持ってきたお茶を一口飲んで、目を瞑《つむ》った。若かったころの前川と堀越和良の姿を思い出しているように見えた。

27

道原と伏見が豊科に戻った次の日の午後、徳沢と横尾の中間地点の梓川の中洲《なかす》で、怪我をして動けなくなっている男を、登山者が発見して、豊科署に通報した。

救助隊が出動し、怪我人を豊科町の病院に収容した。男は手足を骨折し、頭にも顔にも怪我をしていた。意識が朦朧《もうろう》としているらしく、救助隊員の質問に答えられなかった。川に落ち、流されるうちに頭や顔を負傷し、中洲にたどり着いて、うずくまっていたところを発見されたようだ。全身ずぶ濡れで、着衣のあちこちが破れていた。ウエストベルトを締めていたので、ザックはからだからはなれなかった。

質問に答えられないので、救助隊員は着衣やザックから身元の分かる物を持っていないかを調べた。

運転免許証と名刺入れを持っていた。運転免許証と名刺の氏名が一致した。

氏名は堀越和良。住所は東京都世田谷区祖師谷。名刺の肩書きは大同商事株式会社代表取締役社長。その所在地は新宿区西新宿。

徳沢、横尾間には梓川左岸に道がついている。道と川が接近しているところもあるが、あやまって川に転落するような危険な個所はない。山岳遭難救助に馴れている隊員は、男がなぜ川に落ちたのかと首を傾げた。

救助隊の小室主任は、怪我人の持っていた名刺を見て会社に連絡を取るために、電話機に手をかけたが、氏名の堀越和良をあらためて見て、はっとした。去る八月二十八日、北穂高岳南稜で堀越由希子という女性の遭難遺体を収容した。その女性の夫が堀越和良だった。堀越はその日のうちに署に着き、妻の遺体と対面した。

後日、堀越由希子には男性の同行者がいたことが判明した。その同行者の行方は不明ということから、彼女の遭難に不審を抱き、刑事課に連絡した。刑事課は同行者が誰かの捜査をしているが、いまだに不明ということだ。

小室は風を起こすように椅子を立ち、刑事課へ駆け込んだ。

「梓川で収容した怪我人は堀越和良の可能性があります」

小室は書類に顔を伏せていた道原にいった。

「堀越……」

三人の刑事が立ち上がった。道原は口を開けた。

「会社へ連絡したか？」

道原がきいた。

「連絡を取ろうとして、この名前に気がついたんです」

小室は濡れている名刺を道原の前へ置いた。

「怪我人の容態は？」

「意識ははっきりしていませんが、命に別状はないということです」

小室は怪我の程度を話した。

「よし。おれが会社に連絡する」

きょうは平日だ。堀越はなぜ山にきたのか。

道原は大同商事の社長秘書の片岡に電話した。彼が名乗ると、「ご苦労さまです」

と片岡はいった。

「堀越さんは、会社にいらっしゃいますか？」

「きょうは休んでおります」

「どちらかへお出かけですか？」

「山へ行きました」

「どこの山ですか？」

「先日お亡くなりになった奥様の追悼《ついとう》をするということで、上高地から横尾まで行く
ということです。今夜は横尾山荘に宿泊する予定になっています」

「じつは堀越さんと思われるかたが、梓川で重傷を負って発見されました」

「社長が、重傷……」

片岡は高い声を出した。

「これから私は病院へ行って、ご本人かどうかを確かめますが、持ち物からみて、堀越さんにまちがいないと思います」

「では、わたしはすぐに……」

彼女は、おもな社員と相談して病院へ向かうといった。

「堀越さんは単独だったんでしょうか？」

「お独りで行くといっていました」

道原は電話を切ると伏見を促《うなが》した。

救急治療室の前の長椅子に救助隊員がすわっていたが、道原たちを見て立ち上がった。

「話はできそうか？」

道原がきいた。

「まだ無理のようです」

道原と伏見は、看護師に断わって病室に入った。

患者は酸素マスクをしていた。目を瞑っている。点滴の管が腕につながっていた。

頭には包帯が巻かれている。頰に切り傷の跡がある。

道原は真上から患者を見下ろした。紛《まぎ》れもなく堀越和良だった。伏見も彼を見てうなずいた。

医師が入ってきた。患者に呼びかけていいかをきいた。

「声をかけてやってください」

道原は前かがみになった。

「堀越さん。堀越さん」

堀越の瞼《まぶた》がわずかに動いた。

道原はまた呼んだ。

頭がうなずくように動いた。

「堀越さん。しっかりしてください。片岡さんに連絡を取りましたよ」

目を瞑ったままだが、また頭が動いた。

数時間後には意識はもどると思う、と医師がいった。

片岡秘書と、常務の名刺を持った五十歳ぐらいの男が到着したのは夜だった。

片岡は水色のハンカチを口に当てて、病室に入ってきた。

「いろいろとご迷惑をおかけしました」

彼女は、道原と伏見に頭を下げた。病人のような蒼い顔をしていた。片岡がさかんに堀越に声をかけた。堀越は薄く目を開けた。いくぶん意識がもどりかけたようだった。

道原は片岡を廊下の椅子に呼んだ。堀越はまちがいなく単独で横尾まで行く予定だったのかをきいた。

「社長は、そういっていました」

彼女は、ハンカチを握って低い声で答えた。

「横尾行きを決めたのは、いつでしたか?」

「久しぶりに山の空気を吸いたくなったといったのは、四、五日前でした」

「わたしが、『いついらっしゃるんですか』とききましたら、スケジュール表を見て、二十四日にするといいました」

きょうのことである。

「堀越さんは、列車利用ですか、それとも車で?」

「列車です。わたしが、きょうの一番の特急のグリーン車のチケットを手配しました」

一番の特急列車は、新宿発七時である。その列車は松本に九時三十八分に着く。堀越は松本からタクシーで上高地に入ったのではないか。松本駅前ですぐにタクシーに乗れば、十一時ごろに上高地に着いただろう。横尾までは三時間あまりである。したがって午後二時すぎには横尾山荘に着けたはずだ。

堀越が梓川の中洲にうずくまっているのが発見されたのは、午後二時ごろだった。彼は徳沢と横尾の中間あたりで川に落ち、何十メートルか流されて、中洲に乗り上げたのではないか。

道原は片岡に、徳沢から横尾へ向かう途中、川に転落するような危険な場所はないと話した。

彼女はハンカチを口に当て、暗い目をした。

28

翌朝、病院から、堀越和良の意識は真夜中にもどったという連絡があった。

道原と伏見は、堀越に会いに行った。片岡と常務は、まだきていなかった。

道原たちを見た堀越は、驚いたような顔をしたが、すぐに怯えるような表情に変わった。これまで社長室で何度も会ったが、こんな顔を見せたことはなかった。

「とんだ目に遭いましたね」

道原はなぐさめるようにいった。

「お世話になりました」

堀越は喉《のど》をいためているような声でいって、頭を動かした。

「どうして、こんなことになったんですか？」

道原は折りたたみ椅子にすわった。

「川に、落ちました」

「何をしていて、落ちたんですか？」

「川を見ているうちに、ふらついて、落ちたような気がします」

「落ちた場所を覚えていますか？」

「よく覚えていません」

堀越は口がもつれるような話しかたをした。

「あなたは単独でしたか？」

「はい」

「近くに人はいましたか？」

「いなかったと思います」

「あなたは自分で落ちたのではなくて、誰かに突き落とされたんじゃないですか？」

堀越は、眉をぴくりと動かして目を瞑った。目の周りの皺が、苦しさをこらえているように見えた。

「川に落ちるまでの道中、知っている人に会いましたか？」

堀越は目を閉じたままわずかに首を横に振った。

常務と片岡がやってきた。

道原は椅子を立って、一歩退いた。

常務と片岡が堀越に呼びかけた。堀越は薄く目を開け、

「すまないね」

と、小さな声でいった。

「社長。会社のことはご心配なく、ゆっくりおやすみください」

常務がいった。彼は忠実な社員のようだった。

道原は三十分ばかり社長と社員のやり取りを観察していたが、秘書の片岡に署に同行してもらうことにした。

署の会議室で片岡と向かい合った。彼女はゆうべよく眠っていないのか、疲れた顔をしていた。

「あなたのほかに、堀越さんの山行スケジュールを知っていた人はいますか？」

「常務は知っていました」

「ほかには？」

彼女は額に手を当てた。分からないといっているようだった。

「この四、五日のあいだに、社長室に出入りした人を覚えていますか？」

常務以外に社長室に呼ばれてきた社員は五、六人いると彼女は答えた。

「その中に、めったに社長室にきたことのない人はいましたか？」

彼女は首を動かしていたが、四、五日前に営業部の二人が、べつべつに呼ばれてきたと答えた。

その二人の名前をきいた。三井《みつい》と丹波《たんば》という社員だといった。

「社外で、堀越さんが山へ行くことを知っていた人はいるでしょうか？」

「分かりません」

「この四、五日のあいだに、社外の人も堀越さんを訪ねているでしょうね？」

「何人もいます」

「その中に、めったにきたことのない客はいましたか？」

「そういうかたはいなかったと思います」

「あなたは、外部の訪問者を記録していますか？」

「あとで社長にきかれることがありますので、覚え書きに書いています」

いつ東京に帰るかを道原はきいた。

「社長の容態次第ですが、あしたは帰ろうと思っています。社長は、わたしには会社にいてもらいたいといっていますので」

社長の不在のあいだ、彼女は連絡係として会社にとどまっている必要があるらしい。

彼女を病院に帰すと、四賀課長と小室主任をまじえて、堀越の事故を協議した。

堀越は、あやまって川に転落したのではない、と道原は見解を述べた。

小室も、川に落ちたとは思えないといった。

「何者かに突き落とされたというんだね？」

課長がいった。

「そうとしか考えられません」

道原は、けさ病院で堀越に質問したさいの彼の苦しげな表情を話した。

「堀越には、同行者がいたということか？」

課長はメガネの縁に手を当てた。

「彼は単独だったと思います。彼は何者かにあとを尾《つ》けられていた。尾けていた人間が、すきを見て突き落としたんじゃないでしょうか」

「殺すつもりだったんだろうね」

「川に落ちれば、確実に死ぬとみていたでしょうね」

「堀越は、加害者を見ただろうか？」

「見た可能性はありますね。加害者のほうは、堀越がかならず死ぬものと信じていたでしょうから、見られてもかまわないとして、接近したと思います」

「堀越は、自分があやまって川に転落したといっているんだね？」

「彼には加害者が誰かが分かっているような気がします。それをいえない理由があるんじゃないでしょうか」

「彼の回復を見て追及したら、加害者が誰かを吐くんじゃないだろうか？」

「彼は口を割らないと思います。あくまでも自分があやまって転落したと、いい通すような気がします」

「堀越の怪我は完治しそうかね？」

「歩けるようにはなるでしょうね」

道原は、堀越の身辺警護を要請した。加害者はなんらかの方法で彼が死ななかったことを知るだろう。彼を殺すつもりだったのだから、生きていられては困るのだ。彼が身動きできないうちに息の根をとめてしまおうとして、病室を襲うことが考えられた。病院は絶対安全な場所ではない。

翌日、道原と伏見は片岡とともに列車で東京へ向かった。

片岡は新宿に着くと、直接会社へ出勤した。道原たちは彼女について行き、堀越が山行に出発する前の四、五日のあいだに社長室を訪れた人をきいた。彼女は社外の人については覚え書きに記録していた。訪問者は取引先の人だった。

そのほかに、社長室にめったに呼ばれてきたことのない二人の社員の住所をきいた。その二人は三井敏郎《としろう》と丹波智宏《ともひろ》だった。二人とも営業部に所属している。営業部の幹部が社長に呼ばれることは珍しくないが、一般の社員が社長室を訪ねることはめったにないという。

片岡の覚え書きにあった取引先の人たちは、五十代と六十代だった。その人たちに登山経験があるかを内偵したが、そういう人は一人もいなかった。

社員の三井敏郎は四十六歳、丹波智宏は四十三歳だった。この二人の身辺を内偵したところ、丹波に登山経験があることが分かった。丹波の年齢と山に登るところに道原は注目した。

丹波智宏の住所は大田区のマンションだった。そこで聞き込んだところ、ほぼ二年前に離婚し、現在は独り暮らしであることが判明した。

彼は現住所に八年居住している。したがって、マンションの最上階に住む家主も、彼の両隣の入居者も、彼の生活のリズムをだいたい知っていた。丹波が山に登るのを知っていたのは家主だった。大きなリュックを背負い、山靴を履いて帰ってきたのを二回ばかり見たといった。

八年前、丹波は夫婦で入居した。子供はおらず、妻も勤めていた。彼も妻も、他の居住者とは付合いをしていなかった。

「どこにもいるような普通のご夫婦と見ていましたが、二年ほど前、奥さんの姿が見えなくなりました。気になったものですからご主人に、奥さんのことを伺いました。

ご主人は体裁悪そうに、『じつは別れました』といわれました」

家主はそういった。

道原は公簿で、丹波と妻の離婚を確認した。夫婦には子供はいなかった。離婚した妻は石崎加穂《いしざきかほ》といって、現住所は江東区だった。

29

夜になるのを待って、石崎加穂を住所に訪ねた。彼女は古いマンションの五階の部屋に独り暮らしをしていた。四十歳だが、二つ三つ若く見えた。

丹波智宏についてききたいことがあると告げると、彼女はさっと顔色を変えた。

「丹波に、なにかあったのですか?」

彼女はせまい玄関に立ってきいた。

「ある事件の参考までに伺いたいことがあります」

彼女は暗い表情をして、二人の刑事を玄関に入れた。黒いシャツと黒いパンツ姿の彼女のからだは細く見えた。

「丹波さんは登山が好きだということですが?」

「はい。冬以外は年に何回も山登りに出かけていました」

「年に何回も……」

「二泊か三泊の登山は年に二回ぐらいでしたが、日帰り登山は何回もしていました」

「奥さんも、一緒に登りましたか？」

「わたしは登ったことがありません。長時間歩く自信がありませんでしたから」

「丹波さんには一緒に登る友だちがいるんですね？」

「何人かいるようでした。わたしは会ったことがありませんが、誘い合っては登っていたようでした。彼は山のこととなると夢中で、わたしのことなど考えない人でした」

「といいますと？」

「わたしたちが別れる原因は彼の登山でした」

「ほう」

　道原は関心を示した。

「彼が山登りに出発する前の日、わたしは体調を崩しました。高い熱が出たので、会社を休んで寝ていました。彼が会社から帰ってきても、夕飯の支度《したく》をすることができませんでした。夜になっても熱が下がらないものですから、わたしは病院へ行くことにしました。彼はわたしについて行ってくれるものと思っていましたが、登山の支度があるといって、リュックを引き出して準備をはじめました。……わたしが病院からもどると、彼はお風呂に入っていました。『大丈夫か』とはききましたが、気持ちはあしたの山登りのほうにいっているようでした。わたしは自分のからだのことが心配で不安でしたので、今回だけ登山をやめてもらえないかと頼みました。すると彼は、女房が熱を出したくらいでやめるわけにはいかない。一緒に行く人に悪いじゃないかといって、寝てしまいました。……次の朝、彼は予定どおり出発し、三泊して帰ってきました。その間、電話も掛けてきませんでした。わたしは、彼が山から帰ってきても起きられませんでした。次の日、病院に行くと、入院をすすめられました。彼は会社へ出勤しました」

彼女は四日間の入院で退院できたが、あんなに不安で寂しい思いをしたのははじめてだったといった。

彼女は全快すると、『あなたって、自分のことしか考えていない人なのね』と丹波にいった。それは前から感じていたことだったが、そのときは抗議する口調になった。

彼は反発した。自分の欠点や弱点を衝かれるとムキになるタイプだった。

『お前とは合わない。おれは前から我慢《がまん》していたんだ』

彼は逆襲し、加穂の部屋の中の整頓がよくないことや、料理のつくりかたが粗末なことを並べたてた。

二人は二、三日、口を利かなかった。二人が同時に、『離婚』を口にした。

彼女が出ていくことにし、近隣に知られないように、少しずつ荷物を運んだ。

「結婚生活は何年間でしたか？」

道原は公簿で見て知っていたが、きいてみた。

「十一年間でした。子供ができなかったのでわたしはずっと勤めていました。休みの日は日ごろの疲れが出て起きられないこともありました。そんなとき彼は、わたしに黙って出かけ、外で食事をしてきました。そのことでいい合いをしたこともありました。彼との結婚生活が長つづきしないのではないかという予感は、ずっと前からありました。わたしは彼の我儘《わがまま》についていけない気がしたのです。それと……」

彼女はいいかけて顔を伏せた。「彼は自分の容姿に自信を持っていました。そういうわたしも、はじめは彼の顔立ちに惹《ひ》かれて、お付合いするようになったのです」

「丹波さんは、ハンサムなんですね？」

「彼はそれを意識していました。ですから着る物にも気を遣っていました」

道原はノートに、彼女のいったことをメモした。

「丹波さんの写真を持っていますか？」

「あるはずです。離婚して以来、見ていませんが」

道原は見せてもらいたいといった。

加穂は奥へ引っ込み、コトコトと音をさせていた。

「ほかにもありますけど、捨てようと思っています」

彼女は二枚を手にしてきた。

その写真を目にした瞬間、道原は声を上げそうになった。

横からのぞいた伏見は、「この人は……」といった。

八月二十九日の深夜に殺された岩永純平と、九月二日に刺され四日に死亡した一宮市の浜中雪夫のアルバムにあった男だった。三条市の深沢が、上高地で岩永と一緒に食事をしたことがあるといった男である。

道原は、床に置いたバッグから二枚の写真を取り出した。岩永が八月二十六日に横尾で撮った二人連れの後ろ姿である。二人連れの一人は堀越由希子にまちがいないとされている。

「これを見てください」

道原は、後ろ姿の写真を加穂の手に渡した。

「右の人、丹波じゃないでしょうか?」

彼はもう一枚を手渡した。男の顔がわずかに横を向いている。

「丹波です」

「まちがいないですか?」

「十一年間も一緒にいた人です。後ろ姿でも一目で分かります。それに、このリュックにも見覚えがあります」

彼女は、左の女性は誰なのかときいた。

「大同商事の社長の奥さんです」

「社長の……。社長の奥さんを彼が山へ案内したのでしょうか？」

道原は、なんと説明してよいものかと迷った。

「社長の奥さんは、八月二十七日に、北穂高岳という山で亡くなりました」

「お亡くなりになった」

加穂はそういうと、あらためて写真に見入った。

「この写真には、八月二十六日の日付が入っていますね」

「この写真をある人に撮られた次の日に、亡くなりました」

「丹波と一緒だったのにですか？」

「いままで奥さんと同行の男性が、誰なのか分かりませんでした。同行の男性は、奥さんの遭難現場から姿を消したんです」

「彼が……」

加穂は写真を手にしたまま瞳を動かした。

道原の頭には堀越和良の顔が浮かんだ。堀越は、後ろ姿の写真を見て誰なのか分からないといった。女性は由希子ではないかときくと、似ているが別人のようだと答えた。彼は写真を見せられた瞬間に、由希子と丹波だと分かったのではないか。分かったのに知らない男だといった。なぜ、社員の丹波だと答えられなかったのか。

道原たちは丹波の写真を、由希子が利用していた赤坂のSホテルの従業員に見せている。従業員は、何度か見たことのある男性だと答えた。由希子が一年ほど前から深い関係を結んでいたのは丹波智宏だったようだ。

道原は、丹波と社長の妻の関係を話さないまま、

「夜分に伺って失礼しました」

と加穂に頭を下げた。彼女は頭痛をこらえるように、こめかみに手を当てて腰を折った。

道原は今夜にも丹波に会いたかったが、あせる気持ちを抑えた。

30

翌朝、大同商事で社長秘書の片岡に会った。

「堀越さんの容態はいかがですか?」

道原は彼女にきいた。

「きのうの午後、特別室へ移ることができました。きのうの夕方は普通の食事を摂ることができたということです」

会社からは若い社員が病院へ行っているという。

堀越には警官が二人、二十四時間警護に当たっている。

「特定な社員の出勤状態を調べることができますか？」

「その社員の部署に問い合わせすれば分かります。なんという社員のことでしょうか？」

片岡は顔を曇らせてきいた。

「丹波智宏さんです」

「丹波……」

彼女はつぶやいてメモした。

「八月から九月にわたって、何日に休んでいるかを調べていただきたい。本人には分からないようにお願いしたいんです」

「承知しました。部長にきいてまいります」

彼女は、二人の刑事にお茶を出して応接室を出ていった。

十分あまりして、彼女はメモを持ってもどってきた。

丹波智宏は、八月二十五日から二十九日まで夏休みを取っていた。そして九月二十四日と二十五日、甲府市の実家で父親の法事をするという理由で休暇を取っていた。

道原は拳を握った。掌に汗がにじむのを覚えた。

北穂高岳で転落死した堀越由希子は、八月二十五日に山行に出発していた。帰宅は二十九日の予定だった。彼女はこの間の二十七日に死亡した。彼女には男性の同行者がいた。それが誰なのかが不明だったが、昨夜、丹波の別れた妻に会って、丹波だったことが判明した。一年ほど前から、由希子と親密な間柄だった男性が丹波だということも同時に分かった。

由希子は八月二十七日の午前十時ごろ、転落して死亡している。同行の丹波は彼女が転落したのを目の当たりにしながら、その現場をはなれたものと思われる。彼はすぐに山を下ったのだ。その日の夕方の列車で東京へ帰ったものと、道原は推測している。

由希子と山に登る途中の丹波には、予想しないことがあった。八月二十五日に徳沢園に泊まり、翌二十六日、涸沢へ向かった。その間、横尾で思いがけない男を見かけた。それはかつて山行をともにしたことのある岩永純平だった。丹波は素知らぬふりをして通りすぎたが、岩永に女連れであるのを見られたと認識した。

二十七日の夕方、彼は松本から新宿行きの特急列車に乗り込んだが、その車中でも思いがけない男にばったり出会った。その男はやはり以前一緒に山に登ったことのある浜中雪夫だった。浜中は丹波に気づいて言葉をかけてきた。丹波にとってこれは迷惑なことだったので、二言三言話しただけでべつの車両に移った。

岩永純平は、八月二十九日の深夜、同僚と酒を飲んで帰宅する途中、自宅にほど近いところで刃物で刺されて死亡した。

浜中雪夫は、九月二日の夜、帰宅途中に刃物で刺され、九月四日に死亡した。

「丹波智宏さんは、九月二日は平常どおり出勤しているんですね？」

道原は片岡にきいた。

「これ以外に休んだ日はありません」

彼女はメモを目で指した。

「九月二日はどうしていたか知りたいんです」

「部長にきいてまいります」

彼女はまた出ていった。十分ほどしてもどってきたが、彼女の後ろには営業部長が立っていた。

五十半ばの営業部長は名刺を出し、道原たちの正面に腰を下ろした。

「丹波について、なにか気がかりなことがありますか？」

営業部長は膝の上で手を組んだ。

「社長の奥さんの山行には、男性の同行者がいましたが、それはご存じですか？」

道原はいった。

「きいています。その男性が誰なのか、いまだに分かっていないということですが」

営業部長はやや前かがみになり、道原の目の奥をのぞくようにした。

道原は写真を出した。岩永純平が横尾で撮った例の後ろ姿の写真である。

「誰と誰だかお分かりになりますか?」

営業部長は写真を手に取った。

「右の男は、丹波ではないでしょうか?」

道原はもう一枚を手渡した。男性が左側の女性に話しかけるように、わずかに横を向いている写真である。

「丹波ですね」

営業部長ははっきりした声でいった。

「左は女性ですが、誰だかお分かりになりますか?」

「さあ……」

営業部長は写真を片岡に見せた。

片岡は首を傾げた。

「女性は、社長夫人の由希子さんです」

「えっ」

営業部長と片岡は顔を見合わせた。

「この写真は、今年の八月二十六日。……社長の奥さまの同行者は……」

「丹波智宏さんでした」

営業部長の顔から血の気が引いた。

片岡は胸で手を合わせた。

「九月二日、丹波さんはどうしていましたか？」

道原はノートを構えた。

「名古屋市へ出張しました」

「その日、会社にはもどりましたか？」

「東京へもどるのが遅くなるということで、直接帰宅しました」

「九月二十四日と二十五日、休暇を取っていますね」

「父親の一周忌の法要をするということで、休みを取りました。丹波には夏休みがまだ残っていましたので、それを充《あ》てたようです」

「休暇を願い出たのは、いつでしたか？」

「休みを取る三、四日前だったと思います」

「堀越さんは、二十四日に梓川に転落した……」

道原はつぶやくようにいった。

営業部長の膝に置いた手が震えていた。

「丹波さんの最近のようすに変わった点はありませんか？」

「ないと思います。直属上司の課長からも特別な報告は受けていませんし」

「どういう仕事が担当ですか？」

「販売先まわりを担当しています。ときにはお得意さんの社員のかたと飲食することもあります」

「外に出ることが多いというわけですね？」

「ほとんど毎日出かけています」

「日中に二、三時間、私用を足すことも可能ですね？」

「そういう時間をつくれないことはありませんが、外まわりの営業ですので、社員の行動については信用しています」

営業部長はズボンのポケットからハンカチを取り出して額に当てた。冷たい汗を感じたのではないか。

「あのう、刑事さん、いまお話を伺って、丹波は大変なことをしていそうな気がしますが……」

「近日中に、直接事情をきくことになるでしょう。それまで本人にはなにもきかないようにしてください」

営業部長と片岡は顔を伏せた。

電話が鳴った。片岡が椅子を立った。背中を向けて話しているが、相手は堀越のようだった。自ら電話ができるまでに回復したのだろう。

道原には堀越にききたいことが山ほどある。彼が快方に向かっているという知らせは刑事にとっても朗報であった。

31

道原と伏見は甲府市へ飛んだ。

丹波智宏の実家はケヤキの古木を背負っていた。彼は長男で、妹が一人いるが甲府市内で所帯を持っていることが分かっていた。母親が健在で独り暮らしである。父親は勤め人だったが、定年退職し、わずかな畑で野菜づくりをしていた。去年の春、体調を崩し、入退院を繰り返していたが、九月に七十歳で死亡した。

丹波の実家の隣は農家だった。道原たちはその家で聞き込みをした。人の好さそうな顔をした六十がらみの主婦が応対した。

最近、丹波家では法事があったというが、それは何日だったかと尋ねた。

主婦は、刑事の質問だからいい加減な答えかたはできないと思ってか、奥へ引っ込んだ。なにかを見てその日を確かめたらしく、

「九月二十三日の秋分の日でした」

と答えた。

一周忌の法事は近くの寺で営《いとな》まれ、丹波家の親戚縁者や近所のおもだった人たちも参席したという。

「勿論、智宏さんはきていましたね？」

道原はきいた。

「独りできていました。去年のお葬式のときも独りでしたので、もしかしたら奥さんとは別れたんじゃないかと、近所の人たちと話したものです」

「一昨年離婚しました」

「やっぱり」

主婦はうなずいた。

「法事の次の日のことを思い出してください」

「次の日のこと？」

「智宏さんは家にいましたか？」

「昼間は見かけませんでしたけど……。あっ、思い出しました。次の日の夜、智宏さんは小さめのリュックを背負って帰ってきました。里帰りしたついでに、山に登ってきたのかとわたしは思いました」

「夜というと、何時ごろでしたか？」

「うちの夕飯がすんだあとでしたから、七時半か八時ごろだったと思います。わたしはゴミ捨てに外へ出て、智宏さんを見かけたんです」

「夜のことですが、智宏さんにまちがいありませんでしたか？」

「それはまちがいありません。見馴れた人でしたから」

「奥さんは、智宏さんが登山をすることをご存じだったんですね？」

「知っていました。学生のころからよく山へ登っていて、帰りに実家に泊まっていくこともありましたし、前の日に実家にきて、次の日に山へ出かけることもありました」

主婦の話をきいて道原は手応えを覚えた。すぐにでも丹波に会いたかった。

甲府で聞き込んだことを、電話で四賀課長に報告した。

「伝さん。いよいよだね。堀越由希子の四十九日までには決着をつけてやりたいと思っていたが、間に合いそうだ」

「丹波は簡単には吐かないような気がしますが……」

「頑張ってくれ。だいぶ回復した堀越にきくことも沢山あるしな」

課長は、丹波がひとつの事件《ヤマ》を吐いたら署に連行するようにといった。

道原と伏見は、東京へもどった。ワイシャツの袖《そで》口が黄色くなっていた。

新宿に着くと、西口の思い出横丁の店に入った。焼き鳥の匂いが充満していた。

「ご苦労さん」

二人はビールのグラスを合わせた。

「今度の事件の捜査は長く感じた。堀越由希子が死んで何日目だ？」

道原がきくと、伏見はノートを開いた。彼のワイシャツの襟も色が変わっている。

「三十四日目です」

「間に合いそうだな」

道原はグラスに向かってつぶやいた。

「なにがですか？」

道原は四賀課長のいったことを伝えた。

「今夜は寝つけないような気がします」

「おれもそうだ。一杯ずつ酒を飲むか」

日本酒を一杯ずつ頼んだ。伏見は一気に半分ぐらいをあけた。あしたのことを考えて興奮しているようだった。


道原たちが泊まったホテルから大同商事が入っているビルまでは十分とかからなかった。このビルの中の会社に勤めている人たちと一緒にエレベーターに乗った。

片岡は出勤していた。道原は彼女に堀越の容態を尋ねた。

「たったいま電話を掛けましたら、社長が直接出ました。朝ご飯を食べたが、おいしくなかったといっていました」

「日に日に回復なさっているようですね」

「日曜には、お見舞いに行くつもりです」

道原は、応接室を貸してもらいたいといった。

彼女は、いつもの応接室へ二人の刑事を案内した。

そこへ丹波智宏を呼んだ。

丹波は十五分ほどするとやってきた。グレーのスーツに身を包んだ彼はスマートだった。

道原たちがさがし求めていた男である。写真を入手していたが、身元を割り出せないでいた男である。

眉の濃い丹波の顔は陽焼けしていて、精悍《せいかん》に見えた。

「私たちは長いことあなたをさがしていた。なぜなのか分かりますね？」

道原は穏やかな口調で切り出した。

丹波はやや伏し目になって首を傾げた。

「社長夫人の由希子さんとは、いつからの付合いだった？」

丹波の肩がぴくりと動いた。

「社長夫人……。私はお会いしたこともありませんが」

丹波は、わりにはっきりした声で答えた。

「とぼけていないで、正直に答えなさい」

伏見が突き刺すようにいった。

丹波の頭が動いた。

「あなたと由希子さんが、毎週のように平日の日中、赤坂のSホテルで会っていたことを摑んでいるんだ。人に見られないようにしていたつもりだろうが、どこかで誰かが見ているものなんだよ」

「そんなところへ、私は行ったことがありません」

「会ったこともない由希子さんと、山には一緒に登った。どういうことだね？」

「私じゃありません。人ちがいです」

「人ちがい？」

道原は写真を二枚取り出して、丹波のほうへ向けた。例の後ろ姿の写真である。

丹波はそれにちらりと視線を投げた。

「あなたと由希子さんじゃないか。後ろ姿でも、見る人が見れば誰だか分かるんだ。……この写真を誰が撮ったか、あなたには分かるだろうね？」

「いいえ」

「岩永純平さんだ。あなたは岩永さんと一緒に山に登ったことがある。……この写真は日付にあるとおり、去る八月二十六日に撮影した。場所は横尾だ。たぶん午前十一時ごろだと思うが、横尾で岩永さんを見て、しまったと思っただろうね？」

丹波は返事をしなかった。凍ったように頭もからだも動かさなくなった。

道原も伏見も沈黙し、丹波の顔をにらんでいた。

ドアにノックがあった。丹波の肩が動いた。

伏見がドアを開けた。

「コーヒーでもいかがでしょうか？」

片岡だった。

「ありがとうございます。お願いします」

道原が答えた。

丹波は椅子の上でもじもじと動いた。

「ここでは答えにくければ、所轄署へ行くが、どうだ？」

道原がきくと、丹波は首を横に振った。

片岡がコーヒーを三つ運んできた。彼女は丹波をちらりと見て退《さ》がった。

「順序だててきこう。……由希子さんとはいつから親しくしていた？」

「去年の六月からです」

丹波は小さな声で答えた。

「きっかけは？」

「社長のゴルフのお伴《とも》をする日の朝、お宅へ車で迎えに行きました。そのときはじめて奥さまにお会いしました」

「堀越さんは、一般の社員とゴルフをすることがあったんだね？」

「うちの部長が一緒でした」

「堀越さんとは何度もゴルフをしたんだね？」

「何度か誘っていただきました」

「ゴルフに行く朝なら、由希子さんとは挨拶をした程度だったろうね？」

「はい」

「そのあと、あんたが由希子さんに会いに行ったのかね？」

「私がお宅へ電話をしました」

「それで、彼女と会ったのかね？」

「外でお茶を飲みました」

「あんたが、社長夫人を好きになったというわけか？」

丹波は小さくうなずいた。

「由希子さんと、平日の日中、ホテルで会うようになったのは、一年ぐらい前からだったんだね？」

「はい」

「彼女がホテルを予約し、署名も彼女がしていたんだね？」

「私たちは携帯電話で打ち合わせをして、会う日を決めていました」

道原はコーヒーを一口飲んだ。

「由希子さんとは一年間も付合っていた。奥さんの行動に堀越さんは気づかなかったのかね？」

「気づかれました。奥さんは、気づかれていないといっていましたが、社長はたぶん探偵社を使って、奥さんの外出を尾けさせていたのだと思います」

――去る八月はじめのある日、丹波は会社の近くの喫茶店へ社長に呼ばれた。丹波は心臓がとまる思いがした。

『前々から考えていたことだが、近いうちに君を課長に取り立てる。二、三年したら部長にしよう。毎日、得意先まわりをせずに、たまに得意先を接待すればいい』

社長は目を細めてそういった。

丹波は胸を撫で下ろし、いままで以上に努力するといって頭を下げた。

『君は以前から山をやっているそうじゃないか？』

『はい。学生のころから登っています』

『私も山が好きで、北アルプスにも南アルプスにも登っている』

『社長も山が……。それは存じませんでした』

『家内も山好きなんだよ。年に一、二度は登っているんだよ』

『そうですか。では、ご夫妻で登られることがあるんですね？』

丹波は由希子から登山をしていることをきいていたが、知らぬふりをしてきいた。

『いや、私は家内と一緒に登ったことはない。家内が登りたいときに私の都合が悪かったりしてね』

丹波は社長の表情をちらちらと窺《うかが》った。

『君は夏休みを取ったかね？』

『まだいただいていません』

『そうか。じゃ、今月中に夏休みを取って、家内を山へ連れて行ってくれないか』

『えっ、奥さまをですか？』

『君と家内で話し合って、日程を決めるといい。君が誘えば、家内はよろこぶはずだ』

社長の言葉をきいて、丹波は返事ができなくなった。

『君は有能な社員だ。いつまでも一介《いっかい》の営業部員にしておくのは惜しい。早く役付きになって、部下をうまく使ってもらいたい。将来のことは約束する』

丹波は気味が悪くなり、背中に冷たい汗を感じた。

『北アルプスでも、南アルプスでもいい。家内が登りたいという山へ連れて行ってくれ。だが条件がある。君と家内が一緒に登ったことが絶対に分からないようにしてもらいたい。そうしないと、あとが面倒だからね』

社長の言葉の意味が丹波には理解できなかった。丹波は社長の肚《はら》の中をさぐる目をした。

『君は一年ばかり家内と付合うことができたんだから、もういいだろう。君は男前だ。その気になれば、すぐにいい女が見つかるよ』

『社長……』

丹波は蒼くなった。床に両手を突いて謝ろうと思った。

『家内は山で遭難する。いや、行方不明になる。それきり見つからないといいんだが、私は捜索願いを出さなくてはならないし、何人かの手を借りて捜索もしなくてはならない。それよりも遭難がはっきりしたほうがいい。たとえば岩場で転落するとかだ。ただやっかいなのは同行者がいたことが分かると、警察はその人間をさがすだろう。だが、どこの誰だか分からなければ、そうしつこくさがしたりはしないだろう。要は、いくらさがしても同行者が誰だか分からなければいいんだ。……君と家内が付合っていたことを知っているのは、私だけだ。私は警察から家内の交友関係についてきかれても、絶対に喋らない。分かったね？』

社長は底光りする目で丹波をにらんだ。

『将来出世するための大仕事だと思って、知恵を絞って、慎重にやってくれ。終わったら、さっさと山を下ることだ。結果を私に報告する必要はない。私が呼ぶまで社長室には近づくな。いいね？』

丹波は額ににじんだ冷や汗を拭き、肩を縮めた。

彼は由希子と一年間、ほぼ毎週のように会って愉しんだ。社長夫人との密会という心の震えが、興奮を増幅させていたものだった。が、こういう結果が待っていようとは露ほども想像しなかった。

社長は悠然とコーヒーを飲むと、氷のように冷たく光る目を丹波に向けてから、先に椅子を立った——。

32

「由希子さんを山に誘ったら、よろこんだかね？」

道原は丹波にきいた。

「『わたしも登りたいと思っていた』といいました」

丹波は、社長秘書の淹れたコーヒーには手をつけなかった。

「登山日程は、二人で話し合って決めたのか？」

「彼女は、私が夏休みを取れる日に任せるといいました。『主人は、わたしのいうことはなんでもきいてくれるから、あなたの都合のいい日にわたしは合わせられる』といいました」

「あんたと由希子さんは、八月二十五日に徳沢園、二十六日には涸沢ヒュッテに泊まった。宿泊カードには彼女が偽名を記入した。あんたがそうさせたのか？」

「都内のホテルでも偽名を使っていると彼女はいっていましたので、山小屋でもそうするようにと私がいいました」

「二十六日の朝、徳沢園を発ったあんたと由希子さんは、横尾を経由して涸沢へ登った。横尾で岩永純平さんに出会ったね？」

「彼は山荘の近くで休んでいました」

「言葉をかわしたのかね？」

「私は知らないふりをして通りすぎました」

「岩永さんには気づかれたと思ったんだね？」

「彼が私に気づいたことは分かりました」

「知っている人に出会って、しまったと思っただろうね？」

「彼はザックの上にカメラを置いていましたので、あるいは撮られたかもしれないと思いました」

「由希子さんに、知り合いに会ったことを話したのか？」

「いいえ」

「二十七日の朝は、涸沢ヒュッテを何時ごろ出発した？」

「七時ごろ出発する予定でしたが、霧が出て、視界が悪かったので、しばらくようすを見ていました」

「由希子さんは、霧を怖れていたんじゃないのか？」

「外を眺めて、『これ以上霧が濃くなったら、登るのをやめよう』といっていました」

「霧は薄くなったのか？」

「薄くなる兆《きざ》しが見えました。それで、登るうちには晴れるといって、出発することにしました」

「何時に出発した？」

「八時ごろでした」

「あんたにとっては、霧が張っているほうが好都合だったんだろ？」

丹波はわずかに首を動かした。

――丹波は、踏み跡やペンキの印を頼りに、由希子を引っ張り上げるようにして登った。

彼女は十分ほど登っては足をとめた。彼も足を休め、彼女を元気づけた。

一時間あまり登ると、霧は薄くなった。だが、眼下に広がっているはずの涸沢カールはとばりに包まれていた。

『もう三十分もすれば、山は明るくなるよ』

彼は一段上からいった。

『早く晴れないかしら』

彼女は天候を恨むように周囲を見まわした。

若者のパーティーが、『お先に』といって、二人を追い越した。彼らにつられるように彼女は歩きはじめた。

薄い霧が岩のあいだを這っているのが見えた。彼女は何度も膝を突いた。疲れが出てきたのが丹波には分かった。彼は彼女に声をかけた。彼女は返事をしなくなった。

出発して二時間をすぎた。登山路は左にカーブし、クサリがあらわれた。それを摑んで登り、ハシゴを踏んだ。

ハシゴを渡りきると、

『あと、どれぐらいかしら?』

彼女は難所を通過したからか、荒い息をしながら腰を伸ばした。尾根の両側には霧がたまっていて下のほうは見えなかった。

『一時間ぐらいで、頂上だよ』

彼はいってから目を瞑った。社長の顔が大写しになった。その目は氷のように冷たく光っていた。

丹波は、近くに人の気配のないのを確かめ、由希子に寄り添うように横に寄った。彼女の横顔はほほ笑んだように見えた。彼は彼女のザックに手をかけて、一気に押した。彼女は一瞬、喉の裂けるような声を発した。すぐにズシンという鈍い音がし、岩《いわ》屑《くず》の崩れる音がした。それきり物音も声もしなかった。このコースを何度も往復したことのある丹波には、断崖であることが分かっていた。断崖の途中の岩の突起にバウンドして、数十メートル下の岩棚まで墜落したのは確実だった。そこまで落ちれば即死はまちがいなかった。

彼はハシゴを伝って下った。手足が震え、自分が転落しそうだった。

上高地へ下り着いた。観光客は、河童橋からのぞむ穂高の眺めと、透明な流れのコントラストに群がっていた。だが丹波は、その人たちからじろじろと見られているような気がした。

バスターミナルに着いた。バスはすぐに発車しそうだったが、それに乗る気はせずタクシーに乗った。

運転手は、どこに登ってきたのかと話しかけてきたが、丹波は眠ったふりをして答えなかった。だが眠るどころではなく、真冬に裸でいるようにからだはブルブルと震えていた――。

「あんたは松本から新宿行きの列車に乗った。その列車は十八時三十一分発の特急だったな？」

道原はきいた。

「発車時刻は覚えていません。早く東京へ帰りたかったので、急いでキップを買いました」

「……」

「列車に乗ると、かつて一緒に山に登ったことのある人と、ばったり出会った」

「その人は、愛知県一宮市に住んでいる浜中雪夫さんだった。そうだね？」

丹波は顔を伏せてうなずいた。

「浜中さんに声をかけられたのか？」

「空席をさがして通路を歩いていると、名前を呼ばれました」

「浜中さんは、座席にすわっていたのか？」

「はい」

「あんたはなんて返事をした？」

「頭を下げただけだったと思います」

「浜中さんは、登山の帰りかときいただろうね？」

「きかれました」

「なんて答えた？」

「『ええ』といっただけだったと思います」

「まずいところで、また知り合いに会ったものだと思ったろうね？」

「列車を降りたいくらいでした」

「浜中さんとは会話をしたのかね？」

「いいえ。席が決まっているといって、べつの車両に移りました」

「浜中さんは、へんに思っただろうね？」

「たぶん……」

丹波は両手で頭を抱えた。

道原は、もだえているような丹波をじっと見ていた。

伏見は、丹波のようすをスケッチでもするようにペンを動かしていた。


丹波は、八月二十九日の深夜、岩永純平をナイフで刺して殺害したことを自供した。彼は岩永の勤務先を知っていた。そこを張り込んで、自宅近くまで尾けまわしていたと述べた。岩永には、由希子と山へ登ったところを見られてしまったのだから、あとでどんなアリバイ工作をしたとしても、それは成り立たないと思ったので、抹殺《まっさつ》したのだと苦しげに語った。

浜中雪夫についても同じだった。

丹波は名古屋出張を自ら上司に申し出た。得意先を訪問したいといったのである。

彼は九月二日に名古屋市へ行った。得意先を二社まわったあと一宮市の浜中の勤務先へ行き、近くで彼が出てくるのを張り込んだ。

浜中を消す必要はないのではと、何度かためらったが、八月二十七日、新宿へ向かう列車内で彼に会っている。登山装備を見られたのだった。浜中は、『登山の帰りか』ときいた。丹波は曖昧な答えかたをしたが、服装を隠すわけにはいかなかった。

とにかく丹波は、八月二十五日から二十七日に山に登ったことを誰にも知られたくなかった。彼の山行を知っている人間をこの世から抹殺したかった。

浜中をナイフで刺したのは午後九時ごろだった。彼は誰に刺されたのか分からずに倒れたはずである。

33

「去る九月二十三日、あんたはお父さんの一周忌の法事のため帰省した。法事は一日ですむのに、つづけて二日間休暇を取った。ある目的があったので休暇を取った。そうだね？」

道原はきいたが、丹波は顔を伏せて黙っていた。

「あんたは、二十四日に堀越さんが、由希子さんの追悼と称して横尾まで行くのを知っていたね？」

丹波は返事をしなかった。目を閉じ、拳を固く握っている。

「あんたは何日か前に、社長に呼ばれた。社長の用件はなんだった？」

「最近、変わったことはないか、ときかれました」

「なんて答えた？」

「ありません、といいました」

「それから？」

「日常の行動には注意するようにといわれました」

「そのとき、堀越さんが二十四日に横尾まで行くのをきいたんだね？」

「奥さまの追悼に、山歩きをしてくるといわれました」

「それをきいて、あんたはなんていった？」

「なにもいいません」

「なにもいわなかったが、ある計画をたてたんだな？」

丹波はまた口を閉じた。

「あんたは堀越さんも抹殺したかった。この世に由希子さんを殺害したことを知っているのは堀越さんしかいない。彼がいるかぎり安心していられない。そう思ったから、二度と訪れないだろう機会を狙って、二十四日の朝、上高地へ向かった。そうだね?」

丹波は弱々しく首を縦に動かした。

——九月二十四日、丹波は、新宿を七時に発った特急列車に甲府から乗った。その列車には堀越和良が乗っていそうな気がした。

丹波はグリーン車をのぞいた。車両の中央部に堀越の頭が見えた。彼が横尾まで行くといったのはほんとうだと思った。名目は、由希子の追悼登山ということになっている。それは周囲の目を意識しての演技だ。彼は丹波に妻を殺させた男である。追悼などという意思があるわけがなかった。

列車は松本に近づいた。丹波はグリーン車をのぞいた。堀越は座席を立って小型のザックを肩にかけた。

丹波は人混みにまぎれて堀越を尾けた。堀越は駅前でタクシーに乗った。上高地へ向かうにちがいなかった。丹波もタクシーに乗った。

上高地に着いた堀越は休みもせず、すぐに歩き始めた。河童橋の前の売店で水のボトルを買うと、一口飲んでザックに入れた。橋の上に群がって穂高を眺めている人たちを横目に入れて、彼は歩きはじめた。五十七歳だが三十代のような足取りだった。

三十分ほど歩いて足をとめ、山を仰いだ。腰を下ろさなかった。

明神へは四十分あまりで着いた。ベンチに腰かけると、ザックから握り飯を出して食べ、水を飲んだ。その食べかたは野卑で、西新宿の高層ビルの社長室におさまっている男には見えなかった。丹波は四、五〇メートルはなれたところから見ていたが、堀越はむさぼるように握り飯を二つ食べ、水のボトルを口に傾けると、ザックの口を締めて立ち上がった。

歩きはじめた彼は、明神岳を二回ばかり振り仰いだだけでひたすら歩き、三十分後に岩を見つけて腰かけた。山歩きを楽しんでいる風情はなかった。

徳沢に着いた。道を右に逸れ、草原に入ると、ザックを枕にしてごろりと仰向けになった。会社で上質なスーツに身を包んでいる男とは別人だった。

堀越は十分とたたないうちに起き上がった。水を一口飲むと、ザックを背負った。なんとなく先を急《せ》いているようにも見えた。一度も後ろを振り向かなかった。

二時間あまり歩いたせいか、さすがに堀越の歩幅はせまくなった。丹波は帽子を目深にして、つかずはなれずしていたが、道が梓川の縁《ふち》に出たところで彼は急接近し、川のほうを向いている堀越の背中を力一杯押した。堀越は小さく叫んだが、川に飛び込むような格好で落ちていった。丹波は膝を突いて川をのぞいたが、堀越の姿は見えなかった。堀越は、川に落ちた瞬間に心臓麻痺でも起こして、死んだろうと思った――。

「堀越さんは、あんたを見なかったか？」

道原は丹波にきいた。

「見ませんでした」

「じゃ、誰に突き落とされたのか分からないだろうな？」

「社長には、私だと分かっているような気がします」

「なぜ殺す気になったんだ？」

「いずれ私が社長に殺されると思ったからです」

「そういう気配でもあったのかね？」

「ありませんが、あの社長ならやりそうな気がしました」

丹波はハンカチで額を拭った。

「由希子さんを殺したことを、後悔しているか？」

「後悔しています。社長に奥さんを山で殺せといわれたとき、断わるべきでした。社長からどんな制裁を受けることになっても、『私には殺《や》れません』と、きっぱりいうべきでした。……彼女を殺さなかったら、私は岩永さんと浜中さんを殺すこともありませんでした。それに社長もです」

丹波はハンカチを広げると顔に当てた。寒気でもするように手はぶるぶると震えている。

道原は応接室を出ると、人影のない廊下から練馬署の石丸刑事に電話し、丹波智宏という男が、岩永純平殺しを自供したことを伝えた。

「丹波智宏とは、どういう男ですか？」

石丸はきいた。

「詳しいことはのちほどお話ししますが、岩永さんが撮った例の後ろ姿の写真に写っていた男です」

「よく身元が割れましたね」

石丸は弾んだ声を出した。

次に道原は、一宮署に電話を入れ、米田刑事を呼んだ。浜中雪夫を殺したのは、東京の丹波智宏という男だったと報告した。米田は突然の報告に驚いているようだった。

丹波を豊科署に連行することにした。堀越由希子殺しと、堀越和良の殺人未遂の容疑で本格的な取調べをするのである。

「連絡をしておく必要のある人はいるか？」

道原は、血の気の引いたような顔の丹波にきいた。

「母にだけは……」

丹波は細い声でいった。母親は六十八歳だという。

丹波を乗せた列車は、新宿を出て約一時間半で甲府に着いた。大型ザックを背負った男女が五、六人降りた。南アルプスに登る人たちのようだった。丹波はホームにちらりと目を向けた。甲府市で独り暮らしをしている母親の顔が浮かんだのではないだろうか。

母親には四賀課長が連絡したはずである。

「ある事件の容疑で事情をきくことになった」と伝えたにちがいない。母親は突然の知らせを、どんな気持ちできいただろうか。

34

道原と伏見は、堀越和良のベッドの横に椅子を並べた。堀越の怪我は日に日に快方に向かっているというが、顔色は蒼くて生気がなかった。天井を向いている目もうつろである。病室に入る前に、担当医師と看護師にきいたが、食欲もないし、ほとんど喋らないということだった。

「あなたは過って川に落ちたというが、そうではなかったね？」

道原は、椅子をベッドに近づけた。

「いいえ。落ちたんです」

「正直にいいなさい。あなたは川へ突き落とされた。誰に突き落とされたかも分かっているんじゃないのかね？」

堀越は枕の上で首をゆるく振った。

「あなたを突き落としたと自白した者がいるんだ。それが誰なのか、あなたは分かっているはずだ。分かっているが、いえない理由がある。それは重大なことだからだ」

堀越は白い天井の一点に目を据え、口を固く結んだ。

「あなたは、奥さんの由希子さんと、社員の丹波智宏の関係を知った。普通の人なら、丹波を呼びつけて責めるんだろうが、あなたはそうじゃなかった。丹波を会社の近くの喫茶店へ呼びつけ、由希子さんを山行に誘えといった。山中で由希子さんを殺せと指示したんだ。それは社員が妻と関係を結んだための制裁のようにみえるが、じつはそうではなかった。あなたにとって由希子さんは不用な人だった。あなたには今津美帆さんという愛人がいる。だから由希子さんがいないほうが、あなたにとっては都合がよかった。……あなたから由希子さんを殺せといわれた丹波は、それを断わらなかった。彼女を殺すことよりも、もっと恐ろしい制裁が待っていそうな気がしたからだ。……丹波は、あなたが望むように由希子さんを始末したが、そのため重大な事件を起こさなくてはならなくなった。なにをしたか、知っているかね？」

堀越は目を閉じた。刑事の話をききたくないといっているようだった。

「丹波は、由希子さんと涸沢へ登る途中の横尾で、かつて一緒に山に登ったことのある岩永純平さんという人に出会った。言葉は交わさなかったが、知り合いの人に姿を見られて、『しまった』と舌打ちした。由希子さんを殺すつもりだったから、彼女と一緒に登るところを誰にも見られたくなかったんだ。……丹波は計画どおり、いや、あなたの望みどおり、由希子さんを岩場から突き落とした。そしてすぐにその場をはなれて山を下った。だが、予想しないことが帰りの列車の中で起こった。岩永さんと同様、かつて一緒に山に登ったことのあった浜中雪夫さんという人が乗っていて、声をかけられた。丹波は登山装備だから、山からの帰りであることは明瞭だった。浜中さんに、どこへ登ってきたのかときかれたが、丹波は曖昧な返事をして、べつの車両に移った。……丹波は夏休みを利用して由希子さんと一緒に山へ登ったが、もしも後日調べられた場合のためにアリバイ工作をするつもりでいた。だが、彼女と一緒に登るところを岩永さんに見られたし、彼女を殺害した当日、列車の中で浜中さんに出会ってしまった。警察が、丹波の山仲間の岩永さんと浜中さんを割り出したら、彼の犯行は露見してしまう。それで丹波は、二人を殺害したんだ。……知らなかったか？」

堀越の閉じた瞼が痙攣《けいれん》するように動いた。が、彼は一言も答えなかった。

「丹波は由希子さんを殺害したために、二人の男を殺さなくてはならなかった。それだけではない。由希子さん殺害を知っているただ一人の人間、あなたをこの世から抹殺しなくては安心していられなかった。だから二十四日、あなたの山行を尾けたんだ。あなたは丹波によって梓川へ突き落とされたが、奇跡的に助かった。あなたが死ななかったことを知った丹波は、震えあがった」

堀越は薄目を開けた。頭を少しも動かさず天井を見つめている。小さな瞳は暗い光を宿していた。

道原たちは引き揚げたが、次の日も、その次の日も病院へ通い、堀越のベッド脇に腰かけた。堀越はなにを考えているのか、刑事の質問には答えなかった。

堀越を病院で追及しはじめて五日目の朝、彼の警護に当たっている警官から道原に電話があった。堀越が道原に話したいことがあるといっているというのだった。

道原と伏見は、病院へ駆けつけた。

堀越は閉じていた目を開けると、ベッドの上半身を少し上げてもらいたいといった。

伏見がハンドルをまわした。堀越は、腰か足が痛むのか顔をしかめた。けさは髭を剃《そ》らなかったのか、半白の不精髭が伸びている。

「刑事さんは、前から私に疑いをもっておられたようですから、私の経歴もお調べになったでしょうね?」

堀越は低い声でいった。

「調べたよ。あなたの生まれ故郷の奈良にも行ったし、十七歳のときに上京して勤めていた上野の甘木商会の甘木さんにも会った。それから、別れた奥さんの石戸公子さんにも会った」

「名張にも行かれましたか？」

「名張署で、山二製材所社長宅の放火と窃盗事件をきいた。その事件であなたは疑われて、事情をきかれたそうだね」

「はい。何日も絞られましたが、喋りませんでした」

「単独でやったのか？」

「独りでやりました」

「盗んだ金はどこに隠した？」

「山の中です。父も入ったことのない山林に埋めました」

「その金は、いつ持ち出したんだね？」

「何年か経ってから、東京へ持っていきました」

「使わなかったんだね？」

「給料以上の金は使わないことにしていました」

「あなたが二十二歳のとき、甘木商会の金庫が破られ、貴金属と現金が盗まれる事件が起こった。その事件もあなたか？」

「甘木商会の同僚で、同じアパートに住んでいた、前川という男に誘われて、二人でやりました」

「所轄の上野署ににらまれたが、喋らなかったんだね？」

「十回ばかり警察に呼ばれましたが、自分ではないといいとおしました」

「盗んだ金と貴金属はどうした？」

「前川と山分けして、おたがいに隠しました」

「前川孝則は、甘木商会退職後、何年か東京にいて郷里の青森へ帰ったが、いまから二十七年前、青森港で水死体で発見された。事故死として扱われたが、あなたが殺《や》ったんじゃないのか？」

「酒を飲ませて、私が海へ突き落としました」

「なぜ殺ったんだ？」

「私は人を使って、定期的に前川の日常生活を監視していました。彼は青森へ行ってから、一年ぐらいはおとなしくしていましたが、気がゆるんできたのか、酒場へ通うようになりました。好きな女もできたようでした。青森市内で飲むだけでなく、ときどき札幌へ飲みに出かけていることも分かりました。それだけではありません。東京にいたころに知り合っていた女に会いにきていることも分かりました。そういう行動を警察に嗅《か》ぎつけられたら危険だと思いましたし、盗んだ金を使いはたしたら、あらたな犯罪に関係するかもしれませんでした」

「前川とは連絡を取り合っていたのか？」

「彼が東京へ出てきた折に、私に会いにきたんです。彼も私の住所の移動をひそかに調べていたようでした」

「二十七年前の四月、あなたが前川を青森に訪ねたんだね？」

「出張できたといって、彼に会いました」

「あなたの突然の訪問に、前川は警戒しなかったのかな？」

「はじめは警戒していたかもしれませんが、酒を飲んでいるうちに、そういう気持ちはなくなってしまったようでした」

「青森港へは、あなたが誘ったんだね？」

「誘ったというよりも、彼はすっかり酔って、どこを歩いているのかも分からないようでした」

「まさかあなたが殺しにきたとは思わなかったから、一緒に酒を飲んだんだろうね？」

「すっかり機嫌がよくなって、ハシゴをして歩きました」

「あなたと一緒に飲んだことが分かっていれば、当時の警察は事故死での処理はしなかったはずだ」

堀越は横を向くと、サイドテーブルに腕を伸ばし、お茶を一口飲んだ。腕には血管が青く浮いている。

「あなたは三十三歳のころから約五年間、建売住宅のセールスマンをして、成績を挙げた。ある程度金をためることができたんだね？」

「大したことはありません」

「三十八歳のときに独立した。過去二度の犯行で盗んだ金を、その資金にしたんだね？」

「盗んだ金の貨幣価値は下がっていましたが、役には立ちました」

「宝石を扱った時期もあったそうだね？」

「あるブローカーと知り合ったものですから、小出しに買ってもらいました」

「甘木商会から盗み出した物だったんだね？」

「独自に仕入れた貴金属にまぜて、売りました。個人で貴金属を持っていると怪《あや》しまれるものですから、堀越商店をはじめたんです」

「前川は、好きな女性に、甘木商会から盗んだダイヤモンドの指輪をプレゼントしていた」

「無防備な男です」

堀越は遠いところを眺めているような目をした。

「あなたの過去の三件の犯罪は、周到だった。つまりあなたがやったという決定的な証拠を現場に残さなかった。だが、由希子さん殺害には人を使った。社員の丹波智宏をだ。なぜ丹波に殺させたんだね？」

堀越は動くほうの手を胸に当て、しばらく黙っていた。

「由希子と丹波が憎かったからです」

「由希子さんという奥さんがいるのに、あなたも勝手なことをしていたじゃないか」

「それでも由希子が憎かったんです。家庭用にあずけていた金を、男と会うために使ったりして……」

堀越は口元を曲げた。

「あなたは、由希子さんの行動を探偵社のようなところに調べさせたんだろうが、彼女の相手が社員の丹波だと知ったときは、どんな気持ちだった？」

「由希子は、まがりなりにも社長の妻です。……社員と関係を持つなんて、私のプライドが許さなかった」

「由希子さんを殺害させた丹波を、どうにかしようと考えていたか？」

「いずれ始末をしなくてはと……」

「丹波もそれを感じ取っていたようだ。あなたに消されるんじゃないかとね。だからあなたを殺すつもりで、川に突き落としたんだ」

堀越は、胃の痛みでもこらえるように眉間に深い皺を立て、腹を撫でた。丹波智宏という男がこの世にいなかったら、過去の犯罪を吐くこともなかったのにと、悔んでいるようだった。

「今津美帆さんには連絡したのかね?」

「しました。見舞いにはくるなといっておきましたが、ゆうべあらためて電話して、もう会えないから、自分で歩く途を考えてくれといいました」

美帆はなぜかときいたにちがいない。だが堀越はその理由を話さなかっただろう。彼女は二十五歳だ。立ち直るのも早いのではないか。

本書は二〇〇六年五月に光文社より刊行された『謀殺 北穂高岳』を改題し、大幅に加筆・修正した作品です。

なお本作品はフィクションであり、実在の個人・団体などとは一切関係がありません。

文芸社文庫

北穂高岳 殺人山行

二〇一九年二月十五日　初版第一刷発行

著　者　梓林太郎
発行者　瓜谷綱延
発行所　株式会社　文芸社
〒一六〇－〇〇二二
東京都新宿区新宿一－一〇－一
電話　〇三－五三六九－三〇六〇（代表）
〇三－五三六九－二二九九（販売）

印刷所　図書印刷株式会社
装幀者　三村淳

ISBN978-4-286-20666-0